「……ニヴル、ガルム。元気そうでよかったよ」
「…………っ……おかえりなさいませ」
「ぜ、全然待ってないよっ……おかえり、王っ……」

「――我が名は屍王。影に潜むものたち、
『ヘルヘイム』の首魁だ。」
ニヴル
ガルム

グルバ
屍王ヘル
日崎司央
ニーズヘッグ
アイレナ

「出し惜しみ無し。ニヴル」
「はっ。宝物庫《ゴエティア》、No.《ナンバー》・」
「六十四」
――六十四番目の炎剣《ソード・オブ・フラウロス》

――ヘルヘイム、帰還する

いやてか、広まってんのマジ!?

あれ世界中が知ってんのマジ!?

ああぁぁあああ

死にてぇえぇぇ……っ!!

あ、ぁあ……やっちまった……

自分から名乗ったら終わりだろぉおお……

何やってんだ……

……いや、俺が作った組織なんですけどぉおっ……!

あああああああああああ!

忘れさせてくれぇぇぇぇぇ…………

なんだよ『ヘルヘイム』って! 神話図鑑の読み過ぎだバカ!

バーカバーカッ!!

死ねッ、悪魔王を殺してお前も死ねぇぇぇエェェェェ!!

あー、嫌だ、本当に嫌だ! 言いたくない、口にしたくない。

よくもまあ昔の俺はこんな恥ずかしいことノリノリでやってたよ!

てか君たちも君たちだよ! 恥ずかしくないの!?

……恥ずかしくないんだろうな……はあ。

や、まあ確かにバカみたいではあるけどさ……

当時はカッコ良かったんだよ、てか今も別にカッコ悪くはないじゃんか……

ちょっと大人になったから羞恥心とか現実とか

見ちゃうこともあるなぁってだけで悪くないと思うんだ…………

まあ人前でやることではないか、そうか……

ああああああ、また生き辛くなっていく……。

人間っていつか羞恥心で死ねると思うんだ……

屍王の帰還

～元勇者の俺、自分が組織した厨二秘密結社を止めるために再び異世界に召喚されてしまう～

1

CONTENTS

何気ない朝の夢に悶えてしまうほど、未だ鮮明にあの世界を覚えている。
残してきた二つ目の家族たちを忘れた日なんて、一日たりともないのだから。

I still remember that world so vividly that I agonize over the casual morning dreams.
Not a single day goes by that I don't remember the second family I left behind.

日崎司央／屍王

プロローグ

悪魔王。

悪魔族の王にして世界を脅かし、人類を蝕《むしば》み、崩壊の足音を踏み鳴らす万物の怨敵。

「はあ……はあ……ぐ――おおおおおおおおおおおッ!!」


死ぬ、死んでしまう。志半ばで、こんなところで……。

異世界から喚《よ》ばれた勇者たちは全滅したはず。

勇者たちを喚んだ国の戦力も、もう残っていない……だと言うのに。

悪魔王の眼前《がんぜん》では数名の男女が道を作るように並び、ただ一人の人間のために傅《かしず》いた。

「――屍王《しおう》」

悪魔王の軍勢は、全滅した。

一人の人間が率いる、謎の集団によって。

『屍王ヘル』。

いつの間にかこの世界に現れ、力を得て、部下を率い、蹂躙《じゅうりん》を開始した。

そしてその手は、遂《つい》に悪魔王の喉元に凶刃を押し当てた。

「我が名は、屍王。貴様に、怨讐《おんしゅう》の刃《やいば》をくれてやる」

骸骨の面を顔に張り付け、色彩を消した灰色の外套《がいとう》に全身を包む、まだ歳《とし》を重ね切っていない声音の少年だった。

カツ、カツ、と悪魔王の下に足を進める屍王。

屍王の進む道の両脇に傅く部下たちは、恍惚《こうこつ》、尊敬、畏怖、様々な視線を送りながら彼の歩みに歓喜する。

「屍王……素晴らしいお姿ですっ……」

「静粛に、御前だ」

「王、疾《と》くせよ。時間がない」

「ヘル様に命令するな。殺すぞ」

「――黙れ、すぐ終わる」

『はっ』

屍王は好き勝手に言葉を溢《こぼ》す彼らを一言で黙らせると、疲労困憊《ひろうこんぱい》の悪魔王に目を合わせた。

悪魔王の髪を粗雑に摑《つか》み、引き上げる。骸骨の仮面の下に隠された瞳を覗《のぞ》けば、濁り切った黒の瞳が悪魔王の結末を見つめていた。

「ぐ、ああああっ！」

恐怖からか、悪魔王は自身の中に残る魔力のすべてを発露させ、

「死ね」

それを形にすることなく絶命した。

崩れ落ちる悪魔王を見下しながら死体を踏みつけた屍王は、哀愁を込めてぽつりと呟《つぶや》く。

「終わったよ、みんな」

屍王ヘル。今はそう名乗る彼は、日崎司央《ひざきしおう》。

異世界から召喚された勇者だ。

クラスメイトと共に異世界に喚ばれ、皆と支え合い、成長し、一人また一人と仲間を失い、心を壊した少年。

クラスメイトはもう一人も残っていない。全員死んでしまった。

等しく、悪魔王の手によって。

復讐《ふくしゅう》のために彼は孤独に歩き続け、その力でこの状況を作り上げたのだ。

悪魔王に対抗できる戦力を掻《か》き集《あつ》め、気付けば世界で有数の戦闘集団が完成した。

秘密結社、『ヘルヘイム』。

構成員は比類なき力を振るい、屍王に傅き、それ以外のすべてと決して相容《あいい》れない。

名前以外のそのすべてが謎に包まれた目的不明の集団だ。

悪魔王を討伐したというのに感慨などはなく、淡々と撤収の用意を行っている。

そして、屍王の合図一つで、

「ヘルヘイム、帰還する」

忽然《こつぜん》と姿を消すのだ。

こうして世界は守られ、役目を終えた日崎司央は元の世界に強制送還された。

一章 □ 帰還

I, a former hero, have been summoned back to

Isekai to stop the CHUUNI

「あー…………」

朝。カーテンの隙間から差し込む光に照らされ目を覚ます。

『ヘルヘイム』、『屍王《しおう》』。

遠い夢のように感じるそれは、

「————うぐおおおぉぉぉぉぉ…………っ!!」

ベッドの上で頭を抱えて悶《もだ》えてしまうほどには鮮明な過去の現実だ。

「あああああああああ！　忘れさせてくれぇぇぇぇ…………なんだよ『ヘルヘイム』って！　神話図鑑の読みすぎだバカ！　バーカバーカッ!!　死ねッ、悪魔王を殺してお前も死ねえええエェエエェ!!」

中学三年の夏に異世界に召喚された、クラスメイトと一緒に。ここまでは良い。いや良くないけど、人に言っても信じてもらえないほど現実感のない話だけど、実際に起きてしまったんだから仕方ない。

そして俺は、クラスメイトたちを失った。

仲が良かった奴《やつ》も、好きだった子も、いがみ合ってたアイツも、喋《しゃべ》ったことすらなかった人も、全員。

召喚されて、約五年。

三十二名、俺を除いた全員が悪魔王の魔の手に掛かった。その時にはもう、復讐《ふくしゅう》のことしか頭に

なかった気がする。少なくとも正気じゃなかったな。

当然だ。正気だったらあんな恥ずかしすぎる秘密結社なんて作らない。

悪魔王を討つためにすべてを犠牲にした結果があれ。

目的を果たした俺は、何事もなく元の世界に帰された。

身体《からだ》も召喚された当時の状態に戻って、現実世界の時間も召喚されてから約一カ月しか経《た》っていなかった。

一カ月の行方《ゆくえ》不明。クラスメイトたちの消失。

世間では様々に取り沙汰されたが、俺が未成年だったこともあり報道規制とかいろいろな配慮がなされた。

警察から事情聴取されたり、病院に通ったり、当時は忙しかったけど……まあ、高校生になってからは平穏な日常生活を送れている。

クラスメイトたちを失ってボロボロに擦り切れた心は、時間を掛けて今の状態まで漕《こ》ぎつけた。

今日は高校の卒業式当日。

あれから三年だ……長いようで短かったな……。

「忘れることなんてないんだろうな……」

あの世界のことも、クラスメイトたちのことも。なにより、あの勢い任せに作った秘密結社のことも、決して忘れることなんてできない。

俺は一生、あの出来事を背負って生きていくんだ。

「よっし！　起きるか！」

部屋を出て、家族に挨拶をして、顔を洗って、飯食って、高校に行く。

そうした日常の、かけがえのない生活を送るために、上体を跳ね上げる勢いでベッドから飛び降りた。

――――白。

四方八方を白の壁に囲まれた一室に、俺は立っていた。

ああ、知ってる。

この光景を見たのは、あの日。

「久しぶりだね、日崎司央《ひざきしおう》。いや――屍王、かな？　私のこと覚えてるかな」

俺の前に立っている顔の良い女がニコニコと俺の肩を叩《たた》く。

覚えてるも何も、女が着ているTシャツにでかでかと書いてある。

『神』

俺とクラスメイトたちが召喚された時、会ったのが最後。もう二度と、会うことなんてないと思ってた。

「…………なんの、用だ」

自分の声が震えてるのがわかる。

神は言った。

「なあ、ウチの世界で『ヘルヘイム』ってのが暴れてるから、何とかしてよ」

「は？」

思いがけない要望に間の抜けた声が出る。

軽い雰囲気に芳《かんば》しくない内容。なにより、神が口にしたその名前に鳥肌が立つ。

「……いや、俺が作った組織なんですけどぉぉっ……！」

「大きい声出さないでよ…………。世界的にも、あの子たちが暴れるのって相当マズイんだよ……だから、止めて」

あっけらかんと言った神は、疲れた様子で座り込んだ。

「いろんな世界の中から君をもう一回見つけるの苦労したんだよ？　あの組織を作ったの君なんだからさ、責任取ってよ」

「……んなこと言われても、強制送還されたんだから仕方ないだろ…………」

「わかってるよ、だからこうして私が直々に召喚したんだよ」

有無を言わせない眼光《がんこう》は、寸分違《たが》わず俺を射抜く。

「屍王の帰還だ。ぬるま湯から出る時間だよ」

「その名前で……呼ばないでくれぇぇぇぇ……」

神の見る前で、俺は黒歴史に悶えた。

「じゃ、ちゃちゃちゃっと送り出そっか」

「そんな軽い感じなの!? もうちょっとなんかない!?」

「ないよ、二回目だし説明なんていらないでしょ？」

黒歴史に悶える俺を両手で揺すった神が指を鳴らすと、白一面の空間に青い光の球体が現れる。

前もこれに触れた瞬間、俺たちを召喚した神聖国に送られたんだ。

「……今回はどこに送られるんだ？」

「ランダム。座標の指定なんてできないし……君ならどこからスタートしても何とかなるでしょ？」

「無茶《むちゃ》言うなぁ!?」

「最低限空気と地面がある場所だから気にしない気にしない！」

「ちょ、待て待て！ 異能は!? 魔法は!? 前の状態を引き継ぐんだよな!?」

「リセットされま～す。君が神髄まで極めた氷魔法も……屍王たる所以《ゆえん》の『あの異能』もね」

その言葉に、なんとも言えない感情が巻き起こる。

別に、今さら強さに未練はない。まあ本当にヘルヘイムの奴らが暴れてるんだとしたら、弱いままじゃダメだけどさ……。

俺の異能の進捗もすべてリセット……。これはちょっとクるものがある。

「仕方ないんだよ。一回世界を離れた人間はそうなっちゃうんだ」

「…………ああ、わかったよ」

「君のクラスメイトの敵討ちは悪魔王を討伐した時に終わってるんだから、あんま落ち込まないで」

神の言葉に返事はしない。

割り切ろうにも割り切れないものは、俺にもある。

まあ、行くんだけどさ、異世界。ヘルヘイムの奴らが暴れてるんだとしたら、俺に責任あるし。

勘違いだったとしても、何も言わずに消えたからそれなりの反応もあるだろう。

「……よし！」

頬《ほお》を両手で叩いて覚悟を決める。

過去の清算と、ヘルヘイムの名前を出して好き勝手する奴らへの仕置き。

また、家族には心配かけちゃうな……。

「安心しなよ。今回は時間の齟齬《そご》がほとんど起こらないように調整してあげるから」

「マジかよ。じゃあ、気にすることもないか」

自分の感覚がずれてることも自覚してる。

異世界から帰ってきてから、なんとなく周りとの致命的なずれを感じることが多くなった。屍王なんて恥ずかしい名前を名乗ってる間に、そっち側にひっぱられてたんだろうな。

だが、突然訪れた帰還の時。この状況をすんなりと受け入れ——そして幸運とすら思っている。

心の片隅ではわかっていた。自分がどれほどのものをあの世界に残してきたのか。もう帰ることができないと嘆く自分をねじ伏せ、仕方のないことだと言い聞かせてきた。

何気ない朝の夢に悶えてしまうほど、未《いま》だ鮮明にあの世界を覚えている。残してきた二つ目の家族たちを忘れた日なんて、一日たりともないのだから。

「あー……今回は屍王って名乗るのやめよ……」

「その決意、意味ないと思うけどなぁ……」

不穏なことを俺の背中に投げかける神を無視し、青い球体の前に進む。

あとは触れるだけだ。

あれ？　そういえば…………、

「なあ」

「ん？」

「俺の異能がリセットされたって……あいつらの封印ってどうなってる？」

「消えてるよ」

「――――お、終わった……」

「大丈夫だよ。あの子たち、封印が消えた後も君を信じて自力で約束を守ってるみたい」

「そ、そうなのか？」

「うん」

神は自信満々に頷《うなず》いた。

ああ、そうか。

だとしたら、

「じゃあヘルヘイムが暴れてる、ってのは納得いかねえな」

あいつらが俺を裏切ったわけじゃない、ってことだ。

なんだよ……黒歴史とか言っておきながら、やっぱ大事なんじゃねえかよ。

青い球体に手を伸ばす。

「屍王」

「その名前で呼ぶなッ!!」

「屍《しかばね》を積み上げ、その上に君臨する凄惨の王よ。その力を、天上の者として讃《たた》えよう。……世界を一度救った君への、ちょっとしたご褒美だよ」

「……そうかよ……」

やっぱ、黒歴史には変わりないな。

球体に触れた瞬間、部屋を光が埋め尽くす。

「服装とかも、あの世界にあったものに変えておくから安心して……それじゃあ——再臨だ」

神が臨場感たっぷりに宣言した。

昔の俺だったら、めっちゃテンション上がったんだろうなぁ。

俺の意識は、青い光に刈り取られた。

■

エリューズニル。

秘密結社ヘルヘイムが根城とする館の名だ。

屍王ヘルと『八戒《はっかい》』と呼ばれる幹部の八人以外の立ち入りを許すことはなく、得体の知れない魔法によって存在すらを隠匿された、世界において埒外《らちがい》の場所。

エリューズニル内の廊下を歩くのは、薄く青みがかった白髪を揺らす女。女はその美貌を暗く歪《ゆが》ませ、長く息を吐《は》いた。

屍王が消えてから、百八十年の月日が流れた。

元々神出鬼没な屍王が姿を消すことはままあったが、定期的な連絡を怠らない人物だった。こんなに長い間音信不通であることなどあり得ない。

屍王の死。

まことしやかに囁《ささや》かれていたこの噂《うわさ》を信じる者は、ヘルヘイムには一人もいなかった……はずだ。

顔と名前が一致しない自称ヘルヘイムの下っ端が増えた現在では定かではないが、少なくとも屍王に直接勧誘された初期メンバー、八人の幹部の中にはいなかった。

ヘルヘイムは総力を挙げて、死に物狂いで屍王の行方を追った。

結果は、手掛かりの一つも摑《つか》めない絶望的なものだった。

そして、丁度三年前。

『屍王は……死んだ』

幹部の一人がそう漏らした。

それを皮切りに、屍王の捜索は打ち切られた。

誰よりも捜索に尽力し、誰よりも彼の生を疑っていなかった幹部たちの心は、屍王を失えばこうも脆《もろ》かった。

屍王の下に集った幹部たちは、散り散りになってしまったのだ。繫《つな》ぎ止《と》める者もなく、失ったものの大きさに心を折った。

今やエリューズニルに残っているのは、彼女一人。

屍王ヘルの自称右腕、『不妄《ふもう》』のニヴル。

天使族と悪魔族のハーフであり、迫害を受けた過去を持つヘルヘイムの頭脳。

いつの日か必ず屍王が帰還することを信じ、毎日館に通い詰め家政婦の真似事《まねごと》をしているのだ。

しかし、そんな彼女の希望はもうすでに風前の灯火《ともしび》。

最近、世界でヘルヘイムの名が広がっている。それは高名ではなく、悪名の方でだ。

ヘルヘイムの名を騙《かた》った不埒者の仕業か……はたまた、幹部の誰かの暴走か。

幹部たちも屍王から授かった『八戒』の名を捨てる気はないようだった。それを名乗って人類を攻撃している可能性もある。

だというのに、依然として彼は現れない。

あんなに大切にしていたヘルヘイムの名を穢《けが》されているというのに、だ。

「屍王ヘル…………シオー」

大切なものを抱くように名を呼ぶ。

不毛だ。ここで彼の名前を呼んでも何も起こらない。

「……もう、潮時なのでしょうか……」

他の幹部のように泣《な》き喚《わめ》いてしまえれば楽なのだろう。

最後に彼の姿が消えた神聖国を恨んで、攻撃してしまえれば憂さ晴らしになるだろうか？

そのどれもを、彼の右腕であるというちっぽけな誇りが邪魔をする。

『脳であるお前が冷静であることが、この組織を支えている。感謝するぞ、ニヴル。流石《さすが》は我が右腕だ』

「………ッ……」

流れる涙に歯を食いしばる。

泣くな、冷静でいなければ……。

あともう少しだけ、待っていなければ。

諦めてしまえば、もう二度と会えないかもしれない。

そうでなくても、

「どうか、生きていてください……二度と会えなくても……あなたが生きているなら、私は……っ」

コンコンッ！

「っ！」

館の玄関の方から、けたたましいノック音が響く。

ニヴルの息が詰まる。

ここを知っているのは世界でたった九名。

幹部と……屍王。

赤くなった目元を隠しながら、震える声を整える。

きっと、幹部の誰かだ。弱みを見せるわけにはいかない。

もし……幹部の誰かじゃないとしたら……。それこそ、こんな姿を見せるわけにはいかない。

微《かす》かな期待に急《せ》く足で玄関に向かいそっと——扉を開いた。

「ニヴルゥゥウウ——ッ!!」

「ガ、ガルム……ですか」

開けた瞬間ニヴルの豊満な胸に飛び込んできたのは、赤毛の狼《おおかみ》耳の少女。

『不殺《ふさつ》』のガルム。

ヘルヘイムの一番槍《やり》たる幹部の一人だ。

ニヴルは微かな期待がふっと消えたことに落胆の声を出すが、努めて冷静にガルムを落ち着かせる。

ガルムは息を上げて、嗚咽《おえつ》を漏らし、滂沱《ぼうだ》の涙を流していた。

快活で恐れを知らないガルムのその様子に、ニヴルは内心で焦燥する。

なにかヘルヘイムにとって致命的な不測の事態が訪れたのではないか？

もしや、屍王の死の決定的な証拠が見つかってしまったのではないか？

どちらであっても、今のニヴルには受け止められる自信はなかった。

諦観と消耗が色濃く浮き出た声音で、ニヴルはガルムに問う。

「ガルム、どうしたのですか……？」

「うぅ……ぇぐっ……ぅ……あ、あのねっ……」

ガルムが顔を上げる。その表情は、ニヴルの想像のどれとも一致しない。

泣きながら、溢《あふ》れんばかりの喜色に満ちていた。

「王の匂いがするッ……王が……帰ってきたっ！」

■

「…………ん」

木の葉の擦れる音。風の音。木漏れ日に、鳥の声。

光に慣れていない眼《め》で懸命に状況を確認すると、どうやらここは森の中だ。周りに生き物の姿はない。

転移《テレポート》は無事成功したみたいだ。

上体を起こして、久しぶりなのに身体に染み付いた所作で『魔力』を全身に流す。

この世界の生物のほとんどには、血管に沿うように『魔力路』と言われる器官があり、そこに流れる魔力の量は個人差がある。

増やす方法も当然あるが……今はそれよりも確認が先だな。

巡る魔力を感覚的に理解すると、脳に情報が流れ込んでくる。

シオー・ヒザキ

使用可能魔法

【氷魔法】　Lv 1

異能

【死の祝福】

1．命を奪った生物の総数に応じて、権能解放。　0／100

2．命を失った友好的な存在の総数に応じて、異能習得。　0／1

称号

【屍王】

神によってその偉業を認められた証《あかし》。

魔法成長率に絶大補正。

これである。

この異能こそすべての元凶。

かつて厨二病を患っていた俺の心に火をつけてしまった、最悪にして最強の武器。

【死の祝福】。

一つ目の条件はまだいい。

生物を倒せば倒すほど自分の力が解放されていくってな感じだ。

生物っていうのは、この世界に蔓延《はびこ》る悪魔でも……もちろん人間でもいい。単純明快で、強力無比な異能だ。

だが、二つ目。

死んでしまった友好的な存在の数に応じて異能を増やすっていう、最低の異能でもある。

友好的な存在……俺にとってはクラスメイトだった。

クラスメイトが死んだ瞬間、そのクラスメイトの異能が俺に流れ込んできた時はどうにかなりそうだった。

今回は、二つ目の条件の出番はない。

「さて……とりあえずここどこだよ」

辺りを見回しても何もない。

進まないことにはどうにもならなそうだな。

「えーと……氷剣《グラギウス》」

魔力が霜を纏《まと》って顕現すると、俺の掌《てのひら》には氷でできた剣が握られていた。

軽く振っても問題なさそうだ。

「ひとまず、探検と行くか！」

冷静を装っても、再び喚《よ》ばれた異世界に浮き立つ心はどうやら昔のままみたいだ。

■

グリフィル神聖国、第五王女アーシャ・エル・グリフィル。

才気煥発《さいきかんぱつ》、眉目秀麗、清廉潔白。絵に描いたような王女のそれだ。

第五王女にして王家のみならず市井からの支持を一身に受ける彼女は、弱冠十二歳にして聡明《そうめい》さを湛《たた》えた相貌で机上を睨《にら》んでいた。

目の前の机に置かれた『グリフィル魔法図』。

グリフィル上空から神聖国周辺を俯瞰《ふかん》する『天の目』と呼ばれる大魔法が、リアルタイムで情報をその図に送ってくるという国宝級の魔法具だ。

アーシャが懸念を込めた視線を送るのは、その図に記された『グリフィル樹海《じゅかい》』。

迷いの森と呼ばれ、『探索者殺し』の異名で知られる五里霧中の迷宮である。

入ったが最後、正確な地理を把握した者でないと出ることすらままならないその森が——

「ア、アーシャ様……これは……？」

「……わたくしにも……わかりません」

——凍っていい、いる。

霜が降り、白く輝き、深い緑の闇だった森の姿を一切感じさせないほどに豹変《ひょうへん》していた。

昨日まで何の変哲もなかったはずだ。何の報告も上がっていなかった。

だというのに、この有様はどうしたことか。

アーシャは側付《そばつ》きの騎士に言葉を伝える。

「マーク、樹海に急行いたします。お父様に連絡を上げておいてください」

「ひ、姫様！　危険です！」

「——上級悪魔《グレーターデーモン》が現れた可能性があります。王家に産まれた者として、先陣を切らなくては、グリフィル王女の名折れです」

「つ……かしこまりました！　至急、騎士団を編成いたします！　それまで……どうか、姫様はここでお待ちください！」

「……ありがとうございます、マーク」

敬礼を残してその場を去るマークを見送ると、アーシャは「……ごめんなさい」と呟《つぶや》き、帯剣して足を速める。

時は一刻を争う非常事態。

「民を守る者として、ただ待っていることなどできません」

強すぎる愛国心と誇りが、アーシャに独断の選択を取らせた。

「悪魔王を討った王家の血筋として、必ずや……！」

グリフィル樹海に足を踏み入れたアーシャは、地面を踏むたびに霜を割る感覚に眉をしかめる。

冬季であってもここまでの変容を見せることのないこの森で、かつてここまでの異変があっただろうか。

「……寒いですね」

北国のような気温に、羽織った上着をぎゅっと身に寄せる。しかし、周囲への警戒を怠らず、剣の柄《つか》から意識を離さない。

離さない……のだが。

「……生物の気配が……ない？」

普段は生命の犇《ひし》めく樹海で、生物の痕跡が全くと言っていいほど感じられないのだ。

やはりこれは異常気象ではなく、何者かによる魔法の行使に他ならない。

「やはり……上級悪魔《グレーターデーモン》が……」

寒さからか、恐怖からか。アーシャの声は震えていた。

それでも彼女は息を整え、王家の誇りを掲げ続ける。

屈するわけにはいかなかった。

その時、

「……うぅ……あ……ぁっ」

「……ッ!?」

呻《うめ》き声《ごえ》。

この世のものとは思えない、絞り出すような唸《うな》り声に似たものがアーシャの鼓膜を叩いた。

咄嗟《とっさ》に聞こえた方向に視線を向け、臨戦態勢を取る。震える手で剣を取り、深く息を吐く。

しかし、それ以上の動きはなく、アーシャは警戒しながらじりじりとその方向に向かって足を進める。

一歩、二歩。

数えるのも億劫《おっくう》になるほどの歩数を重ね、声のような音の発生源に近づく。

するとそこには、

「――――人？」

必死に身体を前に進めようと蠢《うごめ》く、地に伏した人影。

年齢は十代後半、まだとても若い男だ。有体に言えば、死にかけの青年だった。

青年を見た瞬間、アーシャの行動は決まった。

「っ！　大丈夫ですか!?」

剣から手を離し、青年に駆け寄る。

悪魔に襲《おそ》われたのか、迷い込んだのか。思いつく可能性はいくつもあるが、とにかく助けなければ。

「気をしっかり！　なにがあったのですか!?」

「……うあ……はら……」

「はら？　お腹《なか》に何か怪我《けが》を!?」

「……腹が空《す》いて……死にそぉ……」


水筒を傾けながら、ゆっくりと中身を嚥下《えんげ》する青年。

「……ぅぅ……うまいぃ……」

「ゆ、ゆっくりお飲みになってください」

アーシャは、行き倒れていた青年に内容物の時を止める魔法袋から食料を取り出し分け与えた。

胃を刺激しないようにと考え渡した温かいスープを水筒から飲み干した青年は、涙ながらに感謝を述べる。

「あ、ありがとう……ほんとに死ぬかと思ったよ……」

「いえ、無理もありません。森がいきなりこんな風になるなんて予想もできませんから」

スープの名残の白い息を吐いた青年は、アーシャの身なりに視線を向ける。

視線を泳がせた後、胸元に輝く家紋に目を止めた。

「……その家紋」

「あっ、わたくしとしたことが、名乗るのを忘れていましたね。わたくしはグリフィル神聖国、第五王女アーシャ・エル・グリフィルでございます」

「だ、第五……王女……？」

「はい」

青年は驚愕《きょうがく》に目を見開く。

王家に誇りを持つアーシャは、他人のこの反応が好きだった。

王家がどれほどその名を轟《とどろ》かせているか。俗っぽくなってしまうが、その一員である自分の自尊心が満たされる感覚がなんとも心地いい。

しかし青年の反応は、アーシャが思ったものと違っていた。

「第五王女なんていたっけ……？」

「は……はいぃ？」

らしくもない声を上げたアーシャは、少しの憤りと共に声を大にした。

「いますよ！　ここに！　正真正銘、百八十年前に悪魔王を討伐した王家の血筋にございます、無礼ですね！」

胸に手を当てたアーシャは、青年に見せつけるように詰め寄って捲《まく》し立《た》てる。

だというのに、青年は口をぽかんと開けたまま見当違いの言葉を口にした。

「悪魔王を討伐した王家……何言ってんの……？　ってか……百八十年前っ!?」

「あ、あなた……先ほどから何を言っているんですか？」

二人してお互いの顔を見合わせながら首を傾《かし》げる。

アーシャは数瞬の思考の末、この森でのショックで記憶の混濁が起きた探索者ではないかと当たりを付け、憤りの積もった心を落ち着かせた。

(やはりこの森には何かあるんですね)

未だに首を傾げている青年に生暖かい視線を向けるアーシャは、青年に優しく声をかける。

「そういえば、あなたの名前をまだ聞いていませんでしたね」

「……あ、ごめん。助けてもらったのに……。俺はし――――」

「動くな」

恫喝《どうかつ》する声が、二人の会話を遮った。

気付けば、十数人の人間が二人を取り囲んでいる。

二人に剣を突き付けながら、彼らはにやけた表情を隠そうとしない。

彼らの視線は、アーシャの胸元に輝く王家の家紋に注がれている。

それに気付いたアーシャは、剣の柄に手をかけようとして、やめる。

「動くなよ、王女サマ。この優男の命はあんたが握ってんだ」

青年に突き付けられた剣は、アーシャの行動一つで今にでも赤い華を咲かせるだろう。

リーダー格と思われる赤髪の男は、アーシャの一挙手一投足に注意を注いだまま歯を剝《む》き出して笑った。

「この森のこの異変……引き起こしたのは俺たちだ！　まあ厳密には俺たちの協力者だがな。そいつはな――あの『ヘルヘイム』の幹部なんだぜ！」

「へ、ヘルヘイム……ッ」

アーシャは思わず復唱した。

最近、帝国周辺で虐殺や強奪を繰り返している悪の組織の名だ。

騎士や探索者を悉《ことごと》く返り討ちにして、その悪名を広めているあのヘルヘイム。

アーシャは固唾《かたず》を呑《の》み、抵抗を一時的に諦める。

真正面からの抵抗は無理がある。ここは従うふりをして隙を窺《うかが》うのが賢明だと、非常事態でも冷静さを失わない思考で判断する。

両手を上げ、赤髪の男を見据えた。

「……抵抗はしません。ですが……そのお方には手を出さないようにお願いします」

「あんたの態度次第だぜ。王女サマ」

青年に目を向け、アーシャは安心させるように微笑《ほほえ》む。

「大丈夫です、ご安心ください。あなたには傷一つ付けさせませんので」

青年は軽く頷いた後、何故《なぜ》だか薄く笑っていた。

「ヘルヘイム……ねぇ」

■

アーベル盗賊団。グリフィル神聖国を根城に蔓延《はびこ》る盗賊団の名だ。

強盗、恐喝、強姦《ごうかん》、詐欺、果てには殺人までを犯した救いようのないならず者たちの寄せ集めである。

彼らは迷いの森として名高いグリフィル樹海を拠点とし、騎士たちを撒《ま》きながら犯罪行為に及んでいた。

しかし、ある朝、森は姿を変えていた。

「……頭領……森が……」

「凍ってやがる……っ！」

白銀世界。

それ以外に形容しようがない光景に、十数人の男たちは一様に言葉を失った。

「これが、僕の力です」

そしてそれは数週間前、樹海に存在する洞窟を塒《ねぐら》としていた盗賊団に近づいてきた謎の男がもたらしたものだと言う。

謎の男は当初、教養を覗《のぞ》かせる言動で盗賊団を動かし、分け前を受け取ろうとしているだけの人間だと思われていた。

だが、彼が来てからすぐにこのような異常事態が起こった理由を説明できる者などおらず、盗賊団は彼の言葉を鵜呑《うの》みにした。

「あ、あんた……まじですげえ奴なんだなッ！」

「仲間に引き入れて正解でしたね、頭領！」

「これは、ツキが回ってきたな」

「ふふふ、この程度のことであまり騒がないでください。僕にとっては当然のことです」

髪をかき上げて得意げに笑みを浮かべる男は、持っていた杖《つえ》を置いて深く息を吐く。

「だが……あんたはなんで森を凍らせたんだ？　その理由は？」

「そんなこともわからないんですか？　少しは自分で考えなさい」

「お、おう……すまん」

なにも明言しない謎の男は、少し間をおいて「まあ、良いでしょう」と呆《あき》れたように嘲笑した。


「森を凍らせれば、神聖国の王家は必ず動きます。そして今現在、自由に動けるのは第五王女のみ」

「王女サマが……どうかしたのか？」

「はぁ……いいですか。第五王女は失敗を知らない。恐らく使命に駆られて原因を調査に来るでしょう。こんな真似ができるのは、僕を除けば上級悪魔《グレーターデーモン》ぐらいでしょうからね。そして……第五王女はまだお若い……捕らえるのは容易です」

「ま、まさか……グリフィル王家を脅すって言うのか!?」

盗賊団の面々は驚愕に目を見開き、先ほどまでの騒ぎを静める。

この場で笑みを保っているのは、謎の男のみだ。

「お……お前……なにもんだ？」

盗賊団頭領、アーベルはくつくつと肩を揺らす男に怪訝《けげん》な視線を向ける。

男はそれを受けると、鷹揚《おうよう》に手を広げた。

「『ヘルヘイム』。この名を知らない者は、この大陸にはいないでしょう。僕は、ヘルヘイムの幹部……『智謀《ちぼう》』のルーカス。以後、お見知りおきを」

■

「ここで待ってろ」

縛り上げたアーシャと青年を、盗賊団は冷たい地面に転がした。

見張りを立て、洞窟の中をさらに掘って作った穴倉に二人を閉じ込める。縄はきつく縛られ、身動きは取れそうもない。

「す、すみません……わたくしのせいで……」

「……大丈夫だ」

アーシャは青年に謝罪するが、青年はどうも上の空だ。それどころじゃない、といった様子で見張りの立つその先を睥睨《へいげい》している。

まあ無理もないだろう。森で遭難して、王女と偶然出会った後に誘拐に巻き込まれて、死を間近に感じているのだろうから。

極限状態で彼を救えるのは自分だけ。アーシャはその事実に喉を鳴らす。

(わたくしが……なんとかしなくては)

森が凍ってしまった理由は後回しだ。

決意を固めた直後、二人の下に近づいてくる足音に、アーシャは身体を跳ねさせる。

「アーシャ・エル・グリフィル……本当に来るとは」

ローブで身体を包み、杖を持ったまだ若い男だ。

蒼髪《そうはつ》の長髪を靡《なび》かせて、下卑た笑みでアーシャを見下す。

「予想はしていましたが……想定通り短絡的な猪《いのしし》でしたね」

「無礼な。王家の人間に向かってそのような…………」

「森を凍らせれば、こうも簡単に釣れるとは」

「ッ！」

森を凍らせた。男は確かにそう言った。

瞠目《どうもく》するアーシャの反応に気をよくしたのか、男は不慣れな礼を披露する。

「お初にお目にかかります。ヘルヘイム幹部、『智謀』のルーカスと申します」

「ヘルヘイム、幹部……っ！」

上級悪魔《グレーターデーモン》などではない。これは人災だったのだ。

一人の人間によって引き起こされた、魔法的現象。

アーシャは自分でも知らない間に、地べたに横たわった身体を震わせていた。

男は舐《な》め回すようにアーシャを見た後、傍《かたわ》らに転がっている青年を足蹴にした。

「ご安心ください。あなたには価値がありますので……丁重に扱います。盗賊団の彼らには指一本触れさせません。……僕が寂しい時のお相手をしていただくことはあるかもしれませんがね」

「……下衆《げす》が。万死に値します」

「強気でいられるのも今の内です。……彼の悲鳴を聞けば、すぐにでもその反抗心は泡と消えるでしょう」

ルーカスと名乗った男の周りに侍《はべ》っている男たちがナイフをちらつかせ、青年に嗜虐的《しぎゃくてき》な目線を送っている。

アーシャはその瞬間、背筋に立った鳥肌を無視しながら這《は》って青年の前に横たわった。

「彼は関係ありません！　解放しなさい！」

「そうはいきません。正義感と身体、共に強いあなたのような人間を御するには人質は不可欠ですから」

「……っ！」

アーシャは歯を食いしばる。

縄から抜け出す方法などいくらでもある。盗賊団などという有象無象《うぞうむぞう》などアーシャの敵ではない。

しかし、青年に危険が及ぶ可能性を否定できなかった。

自分の無力に怒りがこみ上げる。

（わたくしは二の次です……なんとか彼を――）


「なあ、お前誰だよ」


横たわったまま、暗く淀《よど》んだ目で青年はルーカスに問う。

「はい？」

「いやだからさ……お前誰？　俺知らないんだけど、ルーカスとか」

緊迫した空気に、平坦《へいたん》な青年の声音が不気味に響く。

その問いに「ふふっ」と吹き出したルーカスは、馬鹿にした声で足裏を青年の顔に振り下ろした。

そのまま踏みつけながら、軽快に捲し立てる。

「まさかこのご時世にヘルヘイムの名を知らないのですかぁ!?　極悪非道、残酷非道！　世を裏で牛耳る組織の名ですよぉ！　そして僕はその幹部！　その力はこの森の変容で一目瞭然……恐怖で頭がイカレましたかぁ？」

「や、やめなさい！」

何度も顔を踏みつけるルーカスに、アーシャは縛られたまま足を払う。

鬱陶しそうに足を躱《かわ》したルーカスは二人を見下し、口角を上げる。

「これはお仕置きが必要ですねぇ……その気が起きないようにする方法はいくらでも――」

「質問に答えろ。お前誰だって聞いてんだよ」

機械のようにそう繰り返す青年に、ルーカスは青筋を立て、アーシャは目を伏せる。

口角から泡を飛ばしながら、ルーカスは横たわる青年に向かって怒鳴った。

「……ですからっ‼　ヘルヘイムの幹部、『智謀』のルーカスだとっ」

「いねえよ、そんな奴」

「――――は？」

「聞こえなかったか？　ヘルヘイムにはそんな奴いねえんだよ」

青年は上体を起こし、口の中の血を吐いた。

「ったく……人の黒歴史大声で喧伝《けんでん》しやがって。そもそも秘密結社ってのはさぁ……――人前で口にしちまったらカッコよくねえだろぉが‼」

「……な、なにを」

「極悪非道？　残酷非道だぁ？　……ダサすぎんだろなんだそれ⁉　もっとこう、闇に潜んで目的不明！　神出鬼没で不透明！　だからいいんだろうが！　世間に広まってたら意味ねえだろ⁉」

「はぁ……気でも触れましたか？」

「……あなた……なにを？」

ルーカスは青年の様子に憐《あわ》れみを向け、アーシャでさえも困惑を隠せない。

しかし当の本人はすっきりしたように息を吐いた。

「まあでも、あいつらが変なことしてたわけじゃなくて良かったよ……質《たち》悪いな、ホント」

「さ、さっきから何を言っているのですかあなたは!?」

「やっぱ知らないじゃん、ヘルヘイムの行動規則。ヘルヘイムの幹部は絶対に自分の名前を名乗らない。ヘルヘイムの名を口にしない。この時点でお前は失格なんだよ」

有無を言わせない。

青年は確固たる態度で話し、自身から冷気を発する。

「新加入だとしても………お前、ヘルヘイムにはいらないよ。必要ない。認めない」

洞窟内が、白く染まる。

霜に覆われ、いくつもの氷像を作り出し……冷たくその時を止める。

まるで、外の樹海のように。

「森を凍らせたのは――俺だ」

「…………はぁッ!?」

「自分でわかんだろ？　凍らせたのが自分じゃないことなんて……運よく騙《だま》せる馬鹿どもが近くにいたのか知らねえけど。穴だらけだろ、普通に」

アーシャも、ルーカスも口を開かない。

他の団員たちは、氷像と化して動くことはできない。

「俺がここに来てから、一カ月で奪った命の総数は一千四百五十八。これが何を意味するか、わかるか？」

凍《い》てつく空気に身体を震わせるルーカスは、目の前の青年の質問に対する答えを持っていない。

「ほら答えられない。ヘルヘイムの奴ならこの質問への明確な答えを持ってるはずだ。だからお前は確実に違う。だから、殺しておっけー」

凍る、凍る。

血液が、鼓動が、思考が。

「てめえごときが、ヘルヘイムの名前騙ってんじゃねえよ」

凍土と化した洞窟内に蔓延っていた悪意の末路は、つまらないほどに呆気《あっけ》ない幕切れだった。

■

いやー、調子戻ってきた途端調子乗るもんじゃないな……。

とりあえず森にいる下級悪魔《レッサーデーモン》をまとめて殺そうと思ったら勢い余って森凍らせちゃうし……。

魔力使い切って腹減って行き倒れるし……。第五王女さんが来なかったら死んでた、まじで。

思えば昔もこんな感じで部下に迷惑かけてたなぁ……懐かし。

目の前の氷像を見ながら懐古に身を浸らせる。洞窟にいた盗賊団は全員氷の中で息絶えた。残党も恐らくいないだろう。

っていうか……。

「あああああああ……何語ってんだよ俺ぇ……。恥ずかしっ……ああ、くそ。あの二つ名とかいかにも俺が考えそうなやつすぎてかゆい……どころか、いてえよ……」

やっぱりこの世界のすべてが俺の古傷を抉《えぐ》る。

「いやてか、広まってんのマジ!? あれ世界中が知ってんのマジ!? ああああああ死にてぇぇぇぇ……っ!!」

これからすれ違う人とかが自分の厨二的妄想を知ってるのを想像してみてくれ。今それ。ほんと、人によっては死んじゃうよこれ……。

「と、止まりなさい！」

「……あ？」

のた打ち回って悶える俺に、剣を向ける第五王女様。

カタカタと震える身体を懸命に抑えながら、必死に俺を見据えている。

「……あ、あなたが……この森を……凍らせたのですね……？」

「ああ、そうだよ」

「な、なんのために……」

「あー……悪魔を殺すため……かな」

「悪魔を……」

悪魔。

この世界に蔓延っていた人類の怨敵、悪魔族。それらの残党が、今もなお世界を闊歩《かっぽ》し人命を奪い続けている。

悪魔王はもういないから統率は取れてないだろうけど。

下級悪魔《レッサーデーモン》は全滅させるのが不可能なほどの数を有すが、知能も魔力もさほど強くない。

中級悪魔《デーモンズ》は下級悪魔《レッサーデーモン》の完全な上位互換だが、数はさほど多くなく、また個体差も激しい。

そして、上級悪魔《グレーターデーモン》。

容姿は見目麗しい人型が多い。知能も人間のそれと同等だ。

でも、魔力や身体の頑丈さは言うに及ばず、残虐性も比べ物にならない。

そんな奴らを倒すため……とか言っておけば納得してくれるだろ。

実際は死の祝福の糧として獣とか虫とかのついでに悪魔も殺せればいいな〜、ってな感じのただの横着だ。

「あ、あなたは……何者ですか……？」

王女様は剣を向けたまま俺を睨みつける。

剣を凍らせながら立ち上がると、彼女は後退《あとずさ》って距離を取った。

あ、自己紹介してなかったわ、そういえば。

昔はこんな機会があればイキってカッコつけてたなぁ……思い出したら胃が痛くなってきた……。

普通でいいや。

「俺はシオウ。何者ってほどでもないよ。普通の人間」

■

「俺は屍王《しおう》。何者ってほどでもないよ。普通の人間」

屍王。

目の前の青年は確かにそう言った。

「し、屍王……」

「そう、シオウ……ってか、そろそろ行かないと、やることあるんだ。この恩は……まあ、覚えてた人物。


たら返すよ」

朗らかにアーシャに笑いかける青年は、瞠目するアーシャの様子に気付かない。

幼いころから、王族だけに語り継がれてきた伝承に度々出てくるその名前。

曰《いわ》く、悪魔王を討ったグリフィル王家先祖の勇者と敵対し、幾度も勇者によって返り討ちにされた人物。

だがなにより、勇者の仲間であった三十二名の従者の命を奪った大罪人。

伝承には彼の悪行が事細かに記載されており、必ず討つべき巨悪だとまで伝えられている。

そしてそれが、悪魔王なき今の王家の務めだとも。

「あ、あなた……が……」

自制する。今はまだ勝てない。絶対に。

だがいつか……。

歩き去る青年の背中に、剣を向ける。

「わたくしが……あなたを討ちます。王家の名に懸けて」

■

ガルダル火山。

火口から空を見上げる一人の女が、空に輝き溶けていく霜の欠片《かけら》を視界に入れ、身体を跳ねさせた。

長らく奮わなかった心臓が鼓動の速さを増し、全身に脈動を伝える。震える呼吸を抑えようにも、呆れるほどに興奮は冷めない。

「お、王よっ。こ、このニーズヘッグ、今……向かうぞっ！」

その口は弧を描き、獰猛《どうもう》に歯を見せながらも歓喜に満ちていた。

死んでしまったと思っていた。

闌《た》ける者の衰退を目にしてきた竜だからこそ、屍王であっても死んでしまうものなのだと諦めていた。

だが、この魔力。

竜の肌ですら刺すような冷気。間違うはずがない。

「ふはははは はっ！　死ぬはずがなかった……貴様は、王であったな！」

自分でも恥ずかしくなるほど燥《はしゃ》いでしまう。

しかし外聞を気にすることなどない。

「王よっ！　屍王よッ！」

今はこの拍動を、幸せを、享受していたかった。


「グリフィル樹海が……凍った？」

「はい、その件について皇帝《こうてい》がご意見を伺いたいとのことです」

帝国騎士の伝達役がそう言うと、男は思考するように視線を沈め、軽く首を振った。

「自然現象ではない。が、魔法的現象とも言い切れない。……悪魔王や上級悪魔《グレーターデーモン》であれば、可能かもしれないが」

「なっ!?　やはり」

「落ち着け。あくまで人為的であるならという仮説だ。証拠のない推論など誰のものであっても当てにはならん……皇帝にはしばし待つように伝えておけ」

「はっ！」

皇帝から相談を持ち掛けられ、さらにそれを先送りにする。

そんな暴挙ともいえる行動をとれるのは、彼の地位あってのものだろう。

その男は、

「……ッ！」

目を見開いて自分の部屋の書物を漁《あさ》る。

彼の雄姿を収めた目録に目を通しながら、皇帝には見せることのない忠の構えを取る。

「……お待ちしておりました。屍王……ヘル様」

感涙と共に、男は一人呟いた。


「ニヴルッ！　ニヴル！」

「ええ、間違いありませんっ！」

遠目に見える凍った樹海。

白に染められたその異様は、まさしく彼の足跡に他ならなかった。

本当に、帰ってきたのだ。これはきっと、彼の合図だ。帰還の宣言なのだ。

我らがヘルヘイムの名を騙る不届き者たちへの警鐘。自分の存在を部下に知らせる宣告。

数々の聡明な意を孕《はら》んだ魔法現象。

「おかえりなさいませ、屍王」

幕間

普遍的異世界召喚・妹の場合

I, a former hero, have been summoned back to
Isekai to stop the CHUUNI
secret society organized by me.

午前八時、通学路を歩く。

いつもの日常、いつもの道、いつもの時間。

だというのに、何故《なぜ》か景色のすべてが褪《あ》せて見える。

不安にざわつく心は、いつもの時間に起きてこなかった兄が原因だろうか。

卒業式当日だというのに……。

「……兄さん……間に合うでしょうか」

ぽつりと溢《こぼ》す。

誰と歩くでもなく一人でいる自分に集まる視線に辟易《へきえき》する。

両親から受け継いだ整った顔が幸運か災いか……今となっては後者の方が強い。

例えば、

「日崎《ひざき》、おはよう！」

「……おはようございます」

確かどこかの部活でエースを張っている男子生徒。

同じ学年の女子生徒たちが熱を上げる彼をにべもなく振ってからも、度々偶然を装って接触を図ってくる彼。

正直うんざりだ。同じクラスだからか、顔に釣られたのか……どちらでもいい。

「今日学校午前中で終わりだけど、よかったら」

「兄との約束がありますので」

「そ、そっか……じゃあまた今度誘うよ！」

返事は返さない。

ここで気を持たせてしまうとまたしつこくなるからだ。

言い寄られて、振って、言い寄られて……どうしろというのか。

しかし彼を振ってから、周りの女子生徒が妙に私に優しくなった。まあ、彼を狙う女子は多いから、大方それが関係しているのかもしれない。

私には関係ない。

同学年の色恋沙汰も、世間一般の性的観念も……どうでもいい。

私は兄が――日崎司央《しおう》が好きだ。

嫌悪と侮蔑の視線をものともせず……とはいかずに、周りには告白できていないが。

特に理由はなかった。

いや、正確に言えば劇的な理由はなかった。

ただ、幼い私の男性への憧憬はすべて兄に向いていた。

例えば、顔。

私と両親を共にする兄は、当然のように顔が整っている。

有体に言えば、顔が良いのだ。めっちゃ良いのだ。

遺伝の勝利である。

例えば、態度。

兄は家族を大切に思っており、その枠組みに所属する私にもめっぽう甘い。

甘やかしてくれるし、労《いたわ》ってくれる。

そんな兄と幼いころから一緒にいたのだ、好意を抱いてもなんらおかしくはないだろう。

私の気分が沈んでいるのは、今日が兄の卒業式だからかもしれない。


景色が、一変した。

卒業式に出席するため、簡単な説明を受けている最中、私を含めたクラスメイトたちは白い部屋の中にいた。

「あ～……こうなるか～」

ざわつく生徒たちを、正面にいるふざけた格好の女が見つめながらそう溢す。

『神』。

そう書かれたTシャツを着た女に対する反応は様々だ。

見惚《みと》れる者、怒号を飛ばす者、喜びを噛《か》みしめるように拳を握る者。

「ごめん、君たち異世界に召喚されるから。頑張って」

別段珍しくもないように、平坦《へいたん》に女が言った。

「い、異世界っ!?」

「おいどうなってんだよ!?」

「……うるさいな、異世界召喚知らないのかよ……これだから陽キャは……」

普段静かな生徒まで入り交じって、場は混沌《こんとん》を極める。

私はすっ、と手を上げて女の注意を引いた。

「なにかな？」

「帰してください。行きたくありません」

「無理。私が召喚したわけじゃないし。文句は現地の人にどうぞ」

一瞥《いちべつ》と共に嘆願は棄却された。

女は私の願いを無下にした後、青い光を放つ球体を宙に浮かべる。

「準備ができた人からどうぞ。これに触れれば異世界に一っ飛び！　君たちにはそれぞれ異能ってものが与えられて、召喚者の目的に協力することになる。それ以外は好きにすればいいんじゃない？　勉強とか仕事に追われることもなく、好きなことして生きてけばいいじゃん。好きな男に囲われて、好きな女を抱いて、金も手に入れて、自分を肯定する世界に身を移せばいいじゃん。悩む理由、ある？」

女は凛然《りんぜん》と言い放つ。

まだ若くても、この演説が現代人に効くのはわかる。

まだ目的もなく、無為に生きている高校生なんて時分の者には特にだろう。

「……俺行くっ！」

悩む時間ほぼゼロで、普段物静かにクラスメイトを馬鹿にした目で見ている男子生徒が駆けだした。

歓喜に足下が覚束《おぼつか》ないのか、ふらふらと走りながら球体に触れ、その場から忽然《こつぜん》と消えた。

その光景に悲鳴を上げる者もいるが、大半は喉を鳴らす。

だが、次の瞬間。

「お、俺も！」

「私も！」

「どけ、俺が先だ！」

「最強能力来い！」

「……こういうのはハズレ能力が最強って相場が決まってんだよ…………情弱が」

雪崩《なだ》れ込《こ》むように生徒たちが球体に群がる。

次々に立ち上がる生徒の中には、一人になるのを怖がるように手を繋《つな》ぎながら球体に触れる者たちもいた。

同調圧力とでも言えばいいのだろうか。

この場では、あの球体に触れなければならない空気が作り出されていた。

残ったのは、私を含めて二人。

「ひ、日崎……俺たちも！」

今朝の彼が私に手を差し出す。

私がその手を取る道理はないはずなのに……。

「お先にどうぞ。私は少し考えます」

「だ、だったら俺も一緒に残って……」

「一人で考えたいんです。行くならどうぞ」

「……っ」

彼は後ろ髪を引かれるように私を見ながら、取り残される恐怖に耐えかねたように走り出した。

手を精一杯伸ばした彼が球体に触れると、一瞬にして姿が掻《か》き消える。

白い空間には、私と女が二人。

「君は行かないの？　閉め切っちゃうよ？」

「行かなければどうなるのですか？」

「ここに永遠に閉じ込めちゃおうかな？」

「…………帰して、ください」

「無理」

兄を残したまま、異世界になど行けるはずがない。

私は立ち上がって、球体に近づく。

「やっと行く気に」

身体《からだ》を反転して、球体の横に立つ女の首に手をかける。

「——あなたを殺したら、どうなりますか？」

「…………へぇ、肝座ってるね、君。でもざんねーん、私は死なないよ。意味なし」

「…………」

「君、お名前は？」

「……日崎《ひざき》……氷華《ひょうか》」

私が名乗ると、女は一瞬目を見開いた。

女は悪辣そうに口を広げると、指を立てる。

「君の兄さんの一カ月間に及ぶ行方《ゆくえ》不明の謎が、この先にあるよ」

「……ッ!?」

知っている。この女は、兄を知っているんだ。

そして、今は無理でも、帰ることができるのだ。兄がそうして帰ってきたように。

首にかけた手を緩めて、女を睨《にら》む。

「目的を達成すれば、帰れるんですね？」

「彼はそうだったね」

「…………兄さん」

帰る術《すべ》のない片道切符。ならばもう……。

「今回は、何人生き残るのかな……？」

楽しそうな声を背に球体に触れる以外の選択肢は、なかった。


「最後の勇者様が……来られたようですね」

地面に座り込んだ私を、クラスメイトたちと豪奢《ごうしゃ》な身なりの男性が出迎える。

私を見て男子生徒はわかりやすく安堵《あんど》し、女子生徒の何人かは不機嫌を隠そうともしない。

豪奢な身なりの男性は、私たち全員を視界に入れ両手を広げた。

「ようこそ皆様、グリフィル神聖国へ。私はこの国の王、ダート・エル・グリフィル。この世界に蔓延《はびこ》る悪意の結晶、『ヘルヘイム』の凶行を食い止めるべく、あなた方のお力を貸していただきたいのです！　どうか皆様のお力で――屍王《しおう》を討っていただきたいのです！」

呆然《ぼうぜん》とする生徒たちの様子を意に介さず、壮年の男はまるで拝むように手を組みそう宣《のたま》った。

自分たちとは全く無関係な感動に共感できるはずもない。当然だ。こんなものは規模の大きな集団拉致に他ならないのだから。

氷華は賛否にどよめく生徒たちを視界の端に入れながら辺りを見回した。

そんな彼女の視線を一際引き付けたのは、極彩色の宝珠《ほうじゅ》を抱えた少女。自分たちより少し年下に見える金髪の少女は、召喚された氷華たちに希望と使命を帯びた眼差《まなざ》しを向けていた。

少女を訝《いぶか》し気《げ》に見つめる氷華に気付いたのか、国王を名乗った壮年の男が少女を手招いた。

「私の娘であり、異界召喚珠《ゲート》に選ばれた召喚主、アーシャにございます。これより皆様の案内、およびこの世界での行動に同行することになります」

決定事項のように話し続ける男に氷華は内心で舌を打つ。

紹介されたアーシャと呼ばれた少女は、確かな足取りで生徒たちの前に立ち、堂に入った礼を披露する。

所作、美貌……どれをとっても非現実的で馴染《なじ》みのないものだ。生徒たちは食い入るように彼女の一挙一動に目を惹《ひ》かれていた。

「第五王女、アーシャ・エル・グリフィルでございます。勇者様方……どうか、お力をお貸しください！」

疲弊した様子のアーシャの瞳には、それでも燃える決意が漲《みなぎ》っている。

誰もが彼女に魅入られる中、氷華だけは白けたように髪の先端を弄《いじ》っていた。

THE RETURN OF THE CORPSE KING

I, a former hero, have been summoned back to
Isekai to stop the CHUUNI
secret society organized by me.

二章 忠義の再会

I, a former hero, have been summoned back to
Isekai to stop the CHUUNI

探索者と呼ばれる者たちが存在する。

彼らの目的は、『秘境《ひきょう》』の探索。

世界に点在する未開の地である秘境は悪魔たちの巣窟であり、彼らが人類への復讐《ふくしゅう》の刃《やいば》を研ぐ場所とも言われている。

高い密度の魔力によって変化する地形に対応して悪魔を討伐し、秘境の資源を人類のものとすることが彼らの生業《なりわい》だ。

Lv３の秘境、『戦地《せんち》の檻《おり》』。

広い平原にぽっかりと空いた穴。大きな生物の巣穴のようにも見受けられるそれは、地面が崩落してできた、地下空間への入り口だ。

地下空間はさながら蟻《あり》の巣のようにいくつもの方向への分岐路が広がっており、無策で入ろうものなら脱出は困難なほど入り組んでいる。

しかし、現時点で見つかっている最高難度の秘境がLv10であることを鑑みれば、充分安全探索が可能なレベルのこの秘境でその異常事態は起こっていた。

秘境と同じく、Lv10が最高位の探索者たちの中では中堅であるLv４の探索者パーティーが、一心不乱に秘境内を駆ける。

「ハァ……ハァ……ッ！」

「うぐ……あぁ……」

乱れた息と痛みに喘《あえ》ぐ男の声が反響する。

走る足下も覚束ず、背後に迫る凶刃に対しての対抗手段はほぼない。四人だったはずのパーティーも二人になった。

このまま自暴自棄になって逆走したとして、あるのは無惨な仲間の遺体だけだろう。

「ぐ……くそぉおおおおッ!!」

怪我《けが》をした仲間を先に走らせると、男は振り返りざまに大剣を振るった。

風を切って振り抜かれるそれは、鉄を叩《たた》いたような硬質な音と手応えを持ち主に伝える。

喉を枯らしながら恐怖を誤魔化《ごまか》すように我武者羅《がむしゃら》に暴れる男に、勝機などない。

大剣に殴られながら歩を進める〝ソレ〟は、『フシュウウウウゥゥゥゥ……』と息を吐きながら見上げるほどの体躯《たいく》を運ぶ。

中級悪魔《デモンズ》。

Lv5以上の秘境からしか存在を報告されていないソレが、何故《なぜ》こんなところにいるのか。

探索者は自身の不幸を呪うことしかできない。

ガシャ……ガシャッ……。

歩くたびにそんな音を立てる悪魔は、理性を感じさせる目で探索者を見下ろす。

甲冑《かっちゅう》の真似事《まねごと》のような歪《いびつ》な外殻に身を包むソレは、手甲を纏《まと》った拳を振り上げた。

『ゴアアアアアアアアアアアアアッッ!!』

怨讐の籠もった咆哮《ほうこう》は、逃げ場のないに空洞に響き続ける。

原形のなくなった探索者を啜《すす》った悪魔は全身を脈動させると、再び徘徊《はいかい》を開始した。

この日生き残った探索者が、探索者の街ガートに持ち帰った情報から中級悪魔《デモンズ》の発生が報告された。

その情報から『戦地の檻』はLv６の秘境と再認定され、発生した中級悪魔《デモンズ》に名がつけられた。

中級悪魔《デモンズ》の個体識別名、『ヨロイ』。

■

シオー・ヒザキ

使用可能魔法
【氷魔法】Lv５

異能
【死の祝福】　総数　１４７４
１．命を奪った生物の総数に応じて、権能解放。　３７４／２０００
権能　Lv１　痛覚麻痺《まひ》　１００／１００
Lv２　恐怖克服　１０００／１０００
２．命を失った友好的な存在の総数に応じて、異能習得。　０／１
称号
【屍王《しおう》】
神によってその偉業を認められた証《あかし》。
魔法成長率に絶大補正。

やっぱり【死の祝福】の効果は前と全く大差ない。

まず、百の命を奪った。

すると次に要求されるのは一千の命。

そして次は二千。

俺の足下に積み上がっていく屍《しかばね》の山が、俺を高みに押し上げる。前もそうだった。

悪魔と相対する時に必ず足枷《あしかせ》になる痛みと恐怖。それが順に排斥され、いつしか悪魔と対することに慣れていく。

殺して、殺して、殺して……。

「やめだ……思い出しても意味ねえし」

パキパキと音を立てる地面を踏みしめながら凍った森を歩く。

俺の後ろに続く気配を伴いながら、グリフィル樹海《じゅかい》最大の大樹の陰で立ち止まる。

「あー……もう出てきていいよ」

小さな声の囁《ささや》きは、森に反響することなく積もった雪に吸収される。

返事はない。

いや、いるのわかってるって……。

「二人とも出てきてよ……わかってるから」

またしても返事はない。

あー、嫌だ！　本当に嫌だ！　やりたくない。口にしたくない。

よくもまあ昔の俺はこんな恥ずかしいことノリノリでやってたよ！

てか君たちも君たちだよ！　恥ずかしくない!?　……恥ずかしくないんだろうな……はあ。

「あぁ……――汝《なんじ》ら、我が前に誓う戒律を」

「『不妄《ふもう》』」

「『不殺《ふさつ》』」

「……ニヴル、ガルム。元気そうで良かったよ」

大樹の影に紛れるような灰色に身を包んだ二人は、涙ぐんでこっちを見ている。

白銀の長髪に薄い虹彩《こうさい》、後頭部に浮かんだ歪な輪、身体《からだ》を包むオーバーサイズのローブにあっても起伏の富んだスタイル。立ち姿に気品を感じる彼女は、ヘルヘイムの頭脳、ニヴル。

快活さを窺《うかが》わせる赤毛と同色の瞳に似合わない泣き顔で、今にも飛び掛かってきそうな小柄な彼女は、一番槍《やり》、ガルム。

二人は決して俺の前には出ようとせず、影に潜みながらその場に膝を突いた。

「し……屍王……なのですよね……っ？」

「ああ」

「お、王……？」

「……そうだよ」

できればその呼び方はしないでほしいけど……今ぐらい、いいか。

長い間信じていてくれた部下たちに水を差すのは、いくら何でも酷だろう。

待っててくれた分は、屍王として。

「……待たせた。屍王はここに、帰還した」

「…………っ……おかえりなさいませ」

「ぜ、全然待ってないよっ……おかえり、王っ……」

こっちに伸びるニヴルの手に握られてるのは、二人と同じ色の灰の外套《がいとう》。

着ろって？

…………わかったよ……正直今でもカッコいいと思ってますよ。

外套に袖を通し、深めにフードを被《かぶ》る。

うわぁ、異世界でしかできないなこの格好。

しっくりくる自分が、本当にもうどうしようもないな……。このわざとボロボロにした感じが最高に厨二だ。

まあでも……やっぱ悪くないんだよなぁ……。

口調を軽めに戻し、二人に付いてくるように合図を後ろ手で出す。

「じゃ、行こう。俺たちの名前を騙《かた》ってる奴《やつ》がいるらしいんだ。全部、潰そう。——付いてこい」

『すべて、我が王の御心《みこころ》に』

「ぐふっ……ぉぉぉぉぉあああ……いってぇぇぇ……それだけはマジでやめてっ！　死んじゃうからっ！」

不思議そうな目を向けてくる二人の前で、俺はやっぱり悶《もだ》えることになった。

二人が悪いわけじゃない、全部俺が悪い……。

全員集まった時、俺死ぬんじゃないかな……ほんとに。

目を輝かせながら付いてくる二人にいたたまれなくなり、俺はため息を隠した。

数十分後。

「あー…………」

「？」

「がう？」

俺にとっては数年ぶり、聞くところによれば彼女たちにとっては百数十年ぶりの再会を果たして、あてもなく歩き出した俺は足を止められずにいた。

『付いてこい（キリッ）』と外套を翻した俺には、これからどうしよう？　なんてことを、眼《め》を輝かせながらひな鳥のように付いてきてくれている二人に聞けるはずもない。

後先考えない俺の悪癖は未《いま》だに治っていないようだった。

今俺たちに必要なのは情報だ。だとするならば、情報収集よりも先に頼れる参謀がいる。

「ニヴル、ヘルヘイムを騙る者たちについてお前の情報網は役に立ちそうか？」

振り返ることなく問うと、ニヴルは抑揚の少ない声音をわかりやすく沈める。

「いえ、起こした事件や指名手配などの委細情報は数あれど、実情に迫った詳細は魑魅魍魎《ちみもうりょう》どもの噂話《うわさばなし》に覆い隠されています。力及ばず、申し訳ございません」

「王っ、ニヴルを怒らないで……ニヴル、王を捜すのに疲れちゃってずっとお家《うち》にいたから……」

「こ、こらガルムッ」

「いや、いいんだ。……ごめんね」

「屍王が謝罪する必要など……っ」

「俺がしたいからしてるんだよ。受け取ってくれ。ガルムも、俺が怒るわけないだろ？」

「っ！　んへへっ、そーだよね！」

くすぐったそうに笑みを浮かべるガルムと、胸に手を当ててため息を吐《つ》くニヴル。

変わってない。少なくとも俺の記憶にある彼女たちが浮かべる表情や仕草はそのままだ。

ああ、だめだな。神には仕方のないていで再召喚に応じたってのに……――帰ってきてよかった、なんて思ってしまっている。

元の世界、元の家族を蔑《ないがし》ろにするわけでは決してない。でも、この世界での出来事は俺という人間を作り上げる要素の大半を占めているのも確かだ。

そして、『ヘルヘイム』という組織が、俺にとってどれほど大きなものだったかを痛感させられる。

感傷と懐古にたまらず空を仰ぐと、陽《ひ》が沈み始めた空から雫《しずく》が落ち、俺の頬《ほお》を濡《ぬ》らす。

俺の内心を表したかのように降り出した雨に、外套のフードを深く被った。

「……ただいま」

振り返り、溢《あふ》れ出《だ》すように俺の口から溢《こぼ》れた言葉に、二人はまた涙ぐんでいた。


突然降り出した雨を凌《しの》ぐように偶然見つけた秘境に入った俺たちは、次の進路を決めていた。

「俺が凍らせたのがグリフィル樹海……通ってきたのがこの道で……」

「現在地はこの平地かと。数十年でこの辺りも魔力や悪魔の影響で地形が変わっているようですね。この秘境はここ数年で出来上がったもののようです。この地図も大雑把《おおざっぱ》な俯瞰図《ふかんず》でしかありませんが……」

「ないより何倍もマシだよ。この辺りで言えばやっぱ情報収集なら……ここだよな」

地面に広げた地図を確認しながら、それを囲うように座り込んだ二人に問う。

「探索者の街、ガート……ですか。良いのではないかと」

「ガートねっ、ガルム久しぶりに行くよ！」

「人が集まるところには情報が集まる。ヘルヘイムを名乗って好き放題する奴らの情報もあるんじやないかな」

二人が頷《うなず》くのを確認すると、地図をしまい立ち上がって土を払う。

伸びをする俺を不思議そうに見上げながら、ガルムが狼《おおかみ》の耳をピコピコと動かした。

「それにしても王、すごい演技だね！　なんか普通の男の人みたい！」

「こらガルム、屍王に向かって失礼ですよ。この方にできないことはありません。なんの害もない優男を演じることなど造作もないのです。ですよね、屍王」

「……う、うん、そうだね……」

なんの害もない優男……別に悪口じゃないけどなんかこう……釈然としねえな。こっちが素だよ……。

まあ前はずっとあんな感じだったから仕方ないけどさ……。

「情報を集めるならこういう感じがいいからな。これから当面はこんな感じでやってくつもりだ」

とかなんとか言っとけばいいでしょ。

「それと……悪いんだけど、わけあって全盛期より弱くなってるから、俺。頼りにしてるよ二人とも」

「ッ!?」

「ガうッ!?」

「ん？」

俺の言葉に身体を跳ねさせた二人は、ニヴルは涙を流しながら、ガルムは目を爛々《らんらん》と輝かせながら跪《ひざまず》いた。

「いっ、命に替えても、お守りいたしますッ!!」

「はじめてっ、王はじめてっ。頼りにしてるってはじめて言った!!」

「あ、ああそうだったっけ……」

明らかに異常な興奮具合に引きながら、俺は二人を伴い、探索者の街ガートへと目的地を決めた
——その時。

ガシャッ……ガラ……。

「屍王」

「ああ」

金属の擦れる音と、鈍重な足音。日の光の当たらない地下空間は暗い影に包まれており、その音の正体は見えない。

しかし確実に、その音は俺たちに近づいてきている。

秘境内で人間が出会う異常。思い当たる存在は一つだ。

『ゴアァァア………ッ!』

そいつは、秘境の闇の奥から俺たちの前に姿を現した。

悪魔だ。

漆を塗ったような漆黒の滑らかな体皮は、悪魔が歩くたびにガシャガシャと耳障りな金属音を立てている。

見た目は二足歩行の人型。顔面と四肢を分厚い鎧《よろい》に包んだような出《い》で立《た》ちだ。

「悪魔……それも中級悪魔《デモンズ》です」

「ってことは、少なくともこの秘境はLv5以上ってわけだ」

偶然入った秘境はなかなか面倒な場所だったようだ。

真っ赤に染まった眼光《がんこう》は薄暗い秘境の中でゆらゆらと蠢《うごめ》き俺たちを捉えている。

すっ……と俺が中級悪魔《デモンズ》に片手を伸ばした時。

「はいっ！　はいっ！　ガルム頼りになるっ！」

そう言って俺と悪魔の間に躍り出たのは「ふんす！」と気合を入れたガルム。

耳と尻尾《しっぽ》を激しく動かしながら俺にちらちらと視線を寄越《よこ》している。

さっきの俺の発言に触発されたのか気合充分である。顔には思いっきり「任せて！」と書いてあるように見える。

「じゃあ、お願いしようかな」

「やたっ！」

ガルムが一際大きく狼耳を反応させた瞬間。

『ゴオオォォォオオオアアアアアアッ!!』

目の前の中級悪魔《デモンズ》が思い切り地を蹴りだした。

大きな力が加わった地面が埋没し、悪魔の重量と膂力《りょりょく》を想像させる。

質量と速度は現代世界の大型トラックと大差ない。体当たりだけで普通の人間ではひとたまりもないだろう。

当然、小柄なガルムなど言うべくもない。

だがガルムに躱《かわ》す様子はなく、余裕そうに、楽し気に舌を出した。

――バンッッ!!

勢いを殺すことなくガルムに突撃した中級悪魔《デモンズ》。衝突されたガルムの身体は何の抵抗もなく容易《たやす》く吹っ飛び、秘境の壁に激突した。

『オオオオオオオオオオオオオッ!!』

壁は土煙を上げ、ガルムを吹き飛ばした力の壮絶さを表している。

悪魔が上げるのは勝利の咆哮か。

そのまま近くの俺に照準を合わせ、

「――んー、よっ!!」

パンッ!! と大きい破裂音を立ててその腕は原型を失くした。

『ガッッ!!』

驚愕《きょうがく》からか、痛みからか、悪魔は大きく鳴いた。

俺の目の前には片足でぴょんぴょんと飛び跳ねるガルムの姿がある。

「力は強いけどそれだけだね！　小細工はないみたい！」

「なら、ガルムの得意分野だ」

「ね！」

よろめく悪魔に飛び掛かっていくガルムは重量級の悪魔の突進を受けたとは思えないほどに無傷。重傷どころかかすり傷すらない様子だ。

「『不壊《ふかい》の獣体《じゅうたい》』……相変わらずすごいねー、あれ」

「ええ。味方ながら呆《あき》れるほどです」

ガルムの異能、『不壊の獣体』。

致命傷以外は一切の傷を受け付けないという防御系の異能。

つまり、ガルムを倒すには一撃で命の危機に瀕《ひん》するほどの大ダメージを与えなければいけないのだ。

生まれつき身体が丈夫な獣人。その中でも特異的に能力の高いガルムにとっては鬼に金棒の異能。

正直相手にするのにこれほど面倒な子もいない。味方で良かったと心から思うね。

『オオオッ――――アッ』

「がおーっ!!」

バキッ……グチャ。

可愛《かわい》らしい声に見合わない攻撃力での圧殺。耳に残る粘性の音を響かせて、ガルムは悪魔が身に纏う鎧ごと中身を潰した。

返り血を顔に浴びたガルムは屈託のない満面の笑みで振り返った。

「どやっ！」

「ありがとうガルム。やっぱり頼りになるね」

「んへへ〜」

ニヴルが懐から手ぬぐいを取り出し俺に手渡してくれる。

「んっ！」と顔を差し出すガルムについた返り血を拭ってやる。

「素材……どうしよ、持っていったほうがいい？」

「中級悪魔《デモンズ》程度ならば捨て置いていいのでは？」

「そっか、ニヴルがそう言うならいいや」

「ガ、ガルムもっ！　ガルムもニヴルと同じ考えっ！」

「う、うん。ガルムがそう言うならそうするよ……」

「えへへ！」

「むむ……」

褒めてほしそうなガルムを撫《な》でながら、恨めし気なニヴルの視線から顔を逸《そ》らした。

グリフィル神聖国から少し北上した丘陵地帯。比較的高めの標高に位置しているのが、探索者の街、ガート。

まあ探索者の街といってもここ一帯の話であって、他にもそう呼ばれる場所は存在する。あくまでグリフィル神聖国周辺で、探索者の拠点とされているのがここガートという話だ。

「行くぞお前らあぁぁっ!!」

『おおおおおおおおおおおおッ!!』

なにやら殺気立った探索者の集団とすれ違いながら門を潜《くぐ》ると、俺の目の前には随分と様変わりした街並みが広がっていた。だというのに、微《かす》かな哀愁のようなものが胸を衝《つ》く。

もうすぐ日が暮れるころだというのに、街は活気に包まれている。

何故か街全体がざわついていて、落ち着かない様子だ。

「ガート……懐かしいな」

俺が初めて召喚された時、グリフィルを出てから初めて訪れた場所だ。

二回目の今回もグリフィル近くに召喚されたことに作為的なナニカを感じる。

ただの偶然かもしれないけど……。

「とりあえず、情報収集か」

ほんの小さく口にする。

人込みに紛れたニヴルとガルムの二人の気配が遠ざかるのを確認すると、俺も行動を開始する。

俺たちが得なければいけない情報は、ヘルヘイムの名を騙る集団についてだ。目的やら理念やら、行動原理を知らなくちゃ対処のしようがない。

うちの幹部が関わっていないとは言い切れないけど……あいつらだったらもう少しうまくやるはずだし、そもそも暴れてたら確実に被害は甚大だ。

そうじゃないってことは……。

「……いや、断定はできないな」

そこまで考えて、頭を振って余計な考えを排除する。

俺がいない間に変心した、なんて可能性も充分ある。

先入観なんて邪魔なだけだ。

「目的、行動、足取り……まずこの三点か」

口に出して整理し、ある場所に向かう。

探索者の拠点、探索者ギルドだ。

世界各地に点在する探索者ギルドは人類にとっての砦《とりで》。一般市民が自らの命を脅かす情報を報告するならばまずここだ。ならば自《おの》ずと、各地で暴れているらしいヘルヘイムの情報も集まっていることだろう。

詳細は置いておくとしても、今ヘルヘイムがこの世界においてどんなイメージを持たれているかも判明する。

夕暮れ時ということもあり、橙色《だいだいいろ》の街灯がつき始めた石道を進む。自然を装って脱いだ外套を小脇に抱え、目の前に聳《そび》え立っている建物を見上げた。

探索者ギルド……記憶にあるものと少し外観は違うが、中から聞こえる喧騒《けんそう》とそれに混ざり建物に入る人たちの様子は変わっていない。

両開きの扉は片方が開け放たれており、入ることを拒まない造りになっている。

「さて……と」

人畜無害な市民を装い、酒気と明かりに満ちたギルド内を見回す。

目についた人の様子を矯《た》めつ眇《すが》めつ見て、耳に入ってくる情報を整理。警戒心の高そうな人や、金に困ってそうな人を排除する。

情報を買うほどの金もないため、交渉に持ち込まれるのは旨《うま》くないからな。

情報を手にするのに最も適しているのは絆《ほだ》されやすそう且つ純粋そうな……。

「……お」

そこで俺が目を付けたのは、酒場エリアで同じ卓に座っている二人の探索者。男女の二人組だ。

出身が同じなのだろうか、髪色や目の色、着ている装備の材質などが似ている。

俺よりほんの少し年下のように見える二人は、楽しそうに酒を呷《あお》っている。この世界ではほぼすべての国が十五歳からの飲酒を認めているので問題はないのだが、まだ飲み慣れていないようで、どうにもペースが速い。

男の子の方はかなり酒が回っているようだ。このままいけばあと数分で席を立ちそうだな……。

女の子の方は男の子を心配するように見ていて、関係性が窺える。

「んー……あの子かな」

装備の材質は革。探索者としては初級……Lv2～3ほどだろうか。田舎《いなか》から出てきた幼馴染《おさななじみ》とかかな？

少し髪で遊び始めた様子のある女の子に注目し、仕草や表情から多少の隙を読み取った。

「よし、決まり」

■

いつにも増して喧騒を見せる探索者ギルドは、急遽《きゅうきょ》もたらされた中級悪魔《デモンズ》の情報によって混乱の最中にあった。

いくつもの討伐隊が組まれ、情報も錯綜《さくそう》する。

慌ただしく出入りする探索者を尻目に、本日探索者Lvを3に上げた二人組の男女が酒の席についいていた。

同じ村から出てきた幼馴染、アンドとニーム。

仲睦《なかむつ》まじい二人きりのささやかな祝杯の途中にもたらされた中級悪魔《デモンズ》出現の悲報。それを誤魔化すように酒を流し込み続けたアンドは回り切った酒に口を押さえた。

「もうアンド……飲み過ぎだよ」

「わ、悪い……少し吐いてくる……」

「付いていこうか？」

「い、いいって、待っててくれ……」

昔と変わらず意地っ張りなアンドの様子に口を緩めたニームは彼の背を見送ると、卓上に置かれたつまみを口に運んだ。

すると、ニームだけの席に近づいた青年が声をかけてくる。

「お嬢さん、一人？」

「いえ、仲間の男の子と一緒に飲んでいるので」

探索者からのナンパにも慣れているニームは頑とした態度で隙を見せない。

顔を見ようともしない無愛想なニームの態度に構わず、青年は彼女の隣の席に身を置いた。

「っ！　ですからっ」

「少し聞きたいことがあるだけなんだけど……ダメかな？」

追い払おうとして、青年の顔で視線が止まる。

この辺りでは珍しい黒髪に目鼻の整った顔立ちと大人びた雰囲気。優しそうに微笑《ほほえ》む顔に思わず噤《つぐ》んだ口を恥じらうようにニームは顔を赤らめた。

「ほんの少しだけなんだけど……」

「ぁ……あの……」

田舎の村から出てきたニームは、妄想の中に出てくるような美形の男に「す……少し、だけなら……」とか細い声で呟《つぶや》いた。

「ありがとう、助かるよ。実はこの街に来たばっかりなんだけど……何かあったの？　随分騒がしいから」

「あ、ああ……それですか……」

ニームは中級悪魔《デモンズ》が出現したこと。その場所がLv３の秘境だったこと。その悪魔の特徴などを聞きかじった程度で説明する。

興味深そうに相槌《あいづち》を打つ男に気を良くしながら、聞かれていないことまで。

「その秘境、『戦地の檻』って言うんですけど……なんか最近、そこで相次いで行方《ゆくえ》不明者が出ていたらしくて。その悪魔が原因だ！　って皆さん言ってました」

「Lv３の秘境に、鎧みたいなのを纏った中級悪魔《デモンズ》……行方不明者…………ふぅん、物騒だね」

「気になるなら、行方不明者捜索の依頼板を覗《のぞ》いてみてはいかがですか？」

ニームが指差す先には、捜索系の依頼が張り出された掲示板。

頷いた青年は、「それと」と質問を続ける。

「君さ、『ヘルヘイム』って知ってる？」

「ヘルヘイム……ですか……？　ええ、最近帝国の方で有名なあれですよね」

「多分それ。彼らの目的とか、どんなことをしたとか……知ってることなら何でもいいんだけど……」

「んー……目的……なんか、悪魔族の悲願がどうだ、とか噂になってましたね。それで帝国周辺で誘拐だとか強盗、虐殺を繰り返してるらしくて。ここら辺はまだですけど、いずれ大陸中で指名手配になるとかなんとか……」

「…………そっか。教えてくれてありがとう、ホントに助かったよ」

甘く笑いかけた青年にニームは肩を揺らして俯《うつむ》く。

その時、

「お〜い、ニーム！」

「ア、アンド!?」

先ほどより幾分かすっきりした顔でニームに声をかけたアンドは、挙動不審なニームに首を傾《かし》げる。

咄嗟《とっさ》に青年に顔を向けたニームは、「え？」と小さく声を漏らした。

いない。

青年はいつの間にか、ギルド内の喧騒に溶けていた。


ガートに存在する裏路地の一角。

寂れたそこに建てられたボロ家の扉が、ギギギィ……と今にも壊れそうな音を立てて開いた。

「んお？」

ちびちびと酒を舐《な》めていた男たちは、突如として入り込んできた人の気配に顔を上げた。

ボロ家に充満していた湿気《しけ》た空気に、甘い香りが混ざる。

「――情報を」

灰色の外套を纏った闖入者《ちんにゅうしゃ》の声からわかる性別は女。彼女はある一人の男に目を付け、同じ卓に座り込んだ。

「……ひひ」

女日照りの男たちはその声に反応した。選ばれた男を恨めし気に睨《にら》みながら、彼女が発する声に耳を傾け始める。

声をかけられた男は、酒が満ちた杯を卓上に置き直した。

「……金は、いくらだ？　ないなら、晩でもいいぜ」

男は下品に外套の上からでもわかる豊満な肢体を舐めるように見下ろす。

だが——

「————？」

目の前にいたはずの女は、消えていた。

「——情報を」

「っ!?」

そして、次に女の声が聞こえてきたのは男の後方。

ボロ家の中にいた者たちが一斉に振り返ると、そこには何事もなかったかのように別の卓に座った女の姿があった。

女の対面に座っている片目に傷を負った男は驚き腰を浮かせながらも、すぐに目を細めて交渉に移る。

「……対価の情報は？　なければ、金でも構わない」

ここで女の素性を読み違えてはならない。彼女はただ情報を集めに来ただけの者ではない。確実に情報屋と呼ばれる類《たぐい》の稼業だ。

その証拠に、提示した対価に女はわかりやすく首肯した。

「情報の対価は情報。代替品が金。そんなこともわからないゴミを置くのはやめたほうがいいですよ——質《おとし》が貶められています」

「…………き、肝に銘じておこう」

片目に傷を負った男は、女が自分のことをこのボロ家の主だと看破していることに戦慄した。彼女が最初に金目的の素人《しろうと》の男に声をかけたのは、偏《ひとえ》にこの場の質を測るため。

外套から微かに見えるのは色素の薄い一房の髪だけ。その容姿は何らかの力に守られているように判然としない。

「ヘルヘイムについての情報を。できるだけ鮮度の高いものを所望します」

「……確度が高いものは生憎《あいにく》少ない。どこでもそうだろうが、ほとんど噂の域を出ないものばかりだ。……だが、ちょうど今起こっている騒動と関連があるかも……とだけ」

女は口を挟まない。まるで先を促しているかのようだ。

男は渇いた喉を潤そうと卓上に置いていた杯を手にしようとして——杯が自分の手を躱す幻覚を見た。

確かにそこに置いてあった杯が一瞬にして場所を変えている。

男は確信した。この女が、ただの情報屋ではないことを。

男は知っているのだ。『時を操る情報屋』のことを。だが、まさか本当に存在しているとは思ってもいなかったのだろう。男は嬉《うれ》しそうに口角を上げた。

「対価の情報はいらない……あんたの確固たる存在証明の方が、よっぽどの大ニュースだぜ」

「……」

無言の女は、つまらなそうに鼻を鳴らした。

「ふんふふーんっ」

鼻歌混じりに街を囲む外壁を上ったガルムは、狼耳をピコピコと動かし、眼を閉じた。

彼女が行うのは、五感操作。聴覚だけを残し、他すべての五感を一時的に機能停止することができる、狩猟本能が強く残る獣人族の特権である。

触角が失われたガルムは、足が地に着く感覚を忘れながらふわふわと音の波に揺蕩《たゆた》う。

聞こえるのは街の生活音と、騒々しい探索者たちの足音だ。

「これじゃま〜」

意図的に生活音をシャットアウトし、探索者たちの悲鳴と意気の声に集中する。

「ふむふむ……ほえ〜」

秘境での出来事。異常性。事柄。それらの音が情報としてガルムの脳を叩く。

これぐらいなら屍王もニヴルも持ち帰ってくるだろう情報でしかない。

「ちぇっ」

『ガルム、集合』

「っ!?　王っ！」

遠くで屍王が呟いた言葉を、ガルムの聴覚が捉えた。

彼には、ガルムがこの方法で情報を得ようとしていたことはお見通しだったのだろう。それを前提としてこうしてガルムに招集をかけたのだ。

「んへへ」

すべてを見透かされているかのような懐かしい感覚に、たまらずガルムは駆けだした。

■

「ふぅ……秘境での行方不明者、Lv３のその秘境に出た中級悪魔《デモンズ》………てかあの秘境Lv３だったのか………偶然……んなわけないいな」

路地裏に入り込み、壁に背を預ける。

正直、悪魔云々《うんぬん》に興味はない。だが、ヘルヘイムを騙る奴らの目的に、どうにも悪魔族が関わっていそうな噂話。

「どうだった？」

「恐らく同程度の情報量かと」

「同じく！」

姿を見せないニヴルとガルムの声で、俺は手に持った数枚の紙に視線を落とす。

「それは？」

「件《くだん》の中級悪魔《デモンズ》が出た秘境での行方不明者の依頼を剝がしてきた。直近で四人だとさ。一番初めの行方不明者が一カ月前、それから今回までの犠牲者を合わせれば七人があの秘境で消えてるらしい」

「多いですね。例の秘境はLv３。今回の中級悪魔《デモンズ》の出現で引き上げられたらしいですが……それ以前は比較的安全だったと聞きました」

「でもさでもさ！　その鎧の中級悪魔《デモンズ》って多分、ガルムたちが倒した奴だよね？　だったら……」

「ええ、人為的な作為が及んでいます」

ニヴルの言葉に俺もガルムも頷く。

そもそも中級悪魔《デモンズ》が偶然発生することなどごく稀《まれ》だ。

下級悪魔《レッサーデーモン》が、人間をはじめ大量の命を取り込むことで進化することはあるが、大半はそうなる前に討伐される。

そうでなくても、Lv３の秘境にいるはずがない。

何故なら、中級悪魔《デモンズ》はLv５未満の秘境では長時間生きられない。

それには悪魔が魔力を取り込みながら生きる性質が関係しており、それが足りなくなると自然に衰弱し消滅するからだ。

秘境はレベルに比例して内包する魔力量が違うので、魔力密度の低い秘境では当然活動限界がある。

のだが、

「あの鎧悪魔、ガルムたちを襲《おそ》った時めっちゃ元気だった！」

「そうですね、人間七人分の魔力では賄えません」

「……一番最初の行方不明者が一カ月前なことを鑑みると、やっぱり生き続けるのは無理がある」

中級悪魔《デモンズ》が一カ月もの間、Lv３の秘境で生き延びる。理論上不可能だ。

ならば、考えられる理由は一つ。

「何者かが、その悪魔に魔力を与えていた……そうお考えなのですね？」

「ああ。あの中級悪魔《デモンズ》の発生原因は置いといて、そうじゃないと説明がつかない。そしてそれには、ヘルヘイムが関わっている可能性がある……多分」

推論だが、一応筋は通っている。

壁から背を離した俺に追随する二人を連れて、ガートの門を出た。

街に入った時にすれ違った探索者たちが向かったであろう秘境を思い浮かべ、そこに足を向ける。

「『戦地の檻』……戻ってみるか」

■

『戦地の檻』。古戦場の地中にできた空洞の秘境。

土壁と硬い地面でできた薄暗い秘境内は、本能的な恐怖を探索者に与える。

中級悪魔《デモンズ》発生の悲報を聞きつけた探索者たちが一堂に集い、それを滅さんと勇んでその秘境に入り込んだ。

Lv４の探索者パーティーが三つ。Lv３が四つ。

総勢二十七名が隊列を組んで、今回の隊長を務めるLv５探索者ランダ・コードを先頭に秘境内を進む。

彼らがそこで見たのは……。

「こ、これ……『ヨロイ』か……？」

「ま、間違いないっ！　俺たちを襲ったのはこいつだ！」

取り乱しながら叫ぶのは中級悪魔《デモンズ》の情報を持ち帰った男、ダイト・ニーマンだ。

ダイトを含めた探索者たちの前に転がっているのは、この秘境内に発生したはずの中級悪魔《デモンズ》の亡骸《なきがら》。

肉体のほとんどは消滅しているが、特徴である鎧部分は形をそのままに残している。

探索者は、このように悪魔が遺《のこ》す素材を売って金にしたり、その素材で悪魔に対抗する武器を作る。

「し、死んでる……のか？」

ランダがヨロイの亡骸を足で突《つつ》くが、反応はない。

「他の探索者が先にやったのか……？」

「探索者がやったんだったら、素材を落としたままにするわけねえだろ」

「じゃ、じゃあ、誰が……？」

「知るかよ……」

口々に状況を整理しようとするが、ざわめきが広がるばかりで整然としない。

そんな中、ダイトがそこから少し離れた場所で声を上げた。

「あ……あぁっ……！」

ダイトの前に広がっているのは、乾いた血だまりの跡。装備の欠片《かけら》と押し潰された肉片が無惨に散らばっている。

パーティーメンバーの大剣使いが、ダイトを逃がすために悪魔に剣を振るっていた場所だ。

ダイトは血だまりの傍《かたわ》らに落ちている探索者の証であるカードを拾うと、こびりついた血を拭いながら懐に入れた。

それを見ていた探索者たちも痛ましい顔で目を伏せる。

「みんなすまない……残り二人のカードも回収したいんだ……」

涙声で呟くダイトに答える探索者たちは、努めて明るく声を出した。

「おうよ！　こんなとこに置いておけねえもんな！」

「カードだけと言わず、回収できるもんは持って帰ってやろうぜ！」

ダイトを慰めながら進む一行は、中級悪魔《デモンズ》の脅威がなくなった秘境を軽い足取りで潜っていく。

目指すのはダイトのパーティーメンバーが悪魔に屠《ほふ》られた突き当りの空間。

時折姿を見せる蟻のような下級悪魔《レッサーデーモン》、『ムシアリ』が多足を蠢かせ探索者たちを襲うが、所詮Lv3の下級悪魔《レッサーデーモン》。隊列を組んだ彼らを阻む脅威ではなかった。

剣を振るい、槍で突き、時に炎魔法で焼き払う。

Lv３の秘境だけあって入り組んでおらず、目的地まではすぐに辿《たど》り着《つ》いた。

広い円形の突き当りに行き着いた探索者たちは、出口を確保しながら周囲を調べる。

だが、ダイトは息を詰まらせながら唖然《あぜん》としていた。

「………無い……！」

ここで屠られたはずの二人の仲間の死体が、跡形もなく姿を消していたのだ。血の飛沫《しぶき》一滴すらなく、喰《く》われた痕跡もない。

まるで、何者かが持ち去ったかのように。

「な、なんで!?　なんで無いんだ!?」

「おい落ち着けダイト！」
「ほんとにここでやられたのか？　記憶違いなんじゃ……」
他の探索者も捜索を続けるが、それらしき痕跡が見つかることはない。
落ち着きを失《な》くしたダイトを気遣うように、探索者全員が突き当りの空間に足を踏み入れた時
――、
ダイトが、指を鳴らした。

瞬間、地面が崩落する。

落下する探索者の叫び声が秘境内に響き、ほどなくして崩落音は静まる。

秘境内にできた大きな穴の深さはさほどない。探索者が登ろうと思えば容易に登れそうなものだ。

落下した探索者たちもすぐさま身体を持ち上げ、状況把握に努める。

隊長であるランダが、大声で無事を確認する。

「おい大丈夫かお前ら！」

「こっちは大丈夫だ！」

「問題なし！」

「こっちも全員無事だ！」

パーティーリーダーたちが声を上げ、自分たちの無事を伝える。

全員の無事を確認すると、探索者たちは落下した場所を見回した。

「地下……この秘境にこんなとこあったのか……」

上よりも薄暗い空間を見渡すと、目についたのは何事もなかったかように立ち尽くしているダイトの姿だ。

土煙の立つ中、ランダはダイトの無事を確かめようと近づき――――何かに躓《つまず》いた。

「あっぶねえ……」

転ぶ前に体勢を立て直したランダは、自分が躓いたモノに目を向け……その動きを止めた。

「……は？」

そこにあったのは、三つの死体。

二つは、見つからなかったダイトのパーティーメンバーのものだろうか。

だがランダが動けなくなったのは、もう一つの死体を目にしたためだ。

もう一つの死体は、目を見開き、下半身を潰された……ダイトだ。

間違うはずがない。

何故なら、目の前には、全く同じ顔の男が立っているのだから。

だとしたら、目の前に立っているのは……。

「アァ……大成功っ！」

ダイトの顔をしたナニカが、にんまりと口を歪《ゆが》めた。

「────ようこそ、探索者の皆様。悪魔の温床へ」

両手を広げたそのナニカは、崩落前と同じように指を鳴らした。

空間に広がっていた闇が蠢く。

現れたのは。

「あああ……あああああああッ!!」

数えきれない下級悪魔《レッサーデーモン》、ムシアリの大群。

それに囲まれた探索者たちは恐怖に竦《すく》み、声を上げることしかできない。

それだけではない。

ムシアリの大軍を引き連れているのは、三体の中級悪魔《デモンズ》。

杖《つえ》のようなものを持つモノ、尋常ではない顎を持つモノ、腕が異様に発達したモノ。

それらが、規則正しく、躾《しつ》けられたかのように並んでいる。

両手を広げたダイトの皮を被ったナニカは、胸に手を当て探索者たちに一礼する。

次に顔を上げた時、その顔はダイトのものではなく、黒い豹《ひょう》のような相貌だった。

「お初にお目にかかります。五十七番目の上級悪魔《グレーターデーモン》……総裁《プレジデント》、『オセ』と申します。皆様との素晴らしい出会いと……別れに、血をもって乾杯いたしましょう」

その言葉が終わった瞬間、悪魔の群れは探索者たちを呑《の》み込んだ。

上級悪魔《グレーターデーモン》。

人間並みか、それ以上の知性を持つ悪魔たち。悪魔王に付き従い、人間を蝕《むしば》む悪意の集合体である。

彼らは、自らに階級を付ける。

悪魔王に付き従いながら、不遜に王を自称する最強の上級悪魔《グレーターデーモン》、『王《キング》』。

それに次いで、『君主《ロード》』、『公爵《デューク》』、『侯爵《マーキス》』、『伯爵《アール》』と続く。

力は伯爵《アール》から王《キング》に上がるにつれて増し、王《キング》の上級悪魔《グレーターデーモン》の対処は国家単位での軍事力が必要とされる超自然的かつ生物的災害だ。

そして、『総裁《プレジデント》』。

これらはその枠組みから外れ、武力ではなく、他の悪魔を従えることで力を発揮する個体だ。単体では脅威にはなり得ないが、悪辣な思考と特異な能力で人類を侵略することに長《た》けている。

「はははははっ……あまりにも簡単に騙《だま》されてくれましたねぇ」

総裁《プレジデント》の上級悪魔《グレーターデーモン》、オセ。

自身や他の生物を変化させることを得意とする個体だ。

殺したダイトに成り代わり、探索者の街に侵入し、探索者たちをこの『戦地の檻』に招き入れた

のだ。

すべては、勢力拡大のために。

「さあ、立ち上がりなさい」

物言わなくなった探索者たちの死体に触れていく。

すると、死体がぼこぼこと変形し、その体躯を大きく変化させる。

出来上がるのは、中級悪魔《デモンズ》。

討伐隊としてこの秘境に入り込んだすべての探索者が、中級悪魔《デモンズ》へとなり果てた。

「くひっ、ハハハハハハハハハハァアッ!!　奴らの目を盗みながら行動を起こすのは危険を伴いましたが……やっと、ここまで漕《こ》ぎつけました」

血の海の上で踊るオセは哄笑《こうしょう》する。

「しかし……鎧型の中級悪魔《デモンズ》の亡骸は妙ですねぇ。自信作だったのですが……まあ、いいでしょう。数いるうちの一体ですから」

中級悪魔《デモンズ》に魔力を供給しながら、統率を執る。

出来上がった中級悪魔《デモンズ》と周りの悪魔たちが、一斉にオセに傅《かしず》いた。

「悪魔王よ……目覚めは近いッ！　我らの悲願はッ、すぐそ――」

「あぁ、遅かった」

パキッ。

オセの足下の血の海が、そんな音を立てた。

「……？」

口が裂けんばかりの笑みのまま表情を固定しながら、オセは首を傾げる。

白い冷気を伴って、その影は降り立った。

二人の人影を引き連れて〝ソレ〟はオセに向かって歩を進める。

「甘かったか……まさか上級悪魔《グレーターデーモン》だとはなぁ」

灰色のフードの奥から覗く双眸《そうぼう》が、オセを射抜く。

大量の魔力を持ったその影に、オセは再び口角を釣り上げた。

「あぁ、悪魔王よ!! 今夜のワタシはツイているっ！ これもあなた様のお導きッ！」

額に手を当てながら身体を捩《ねじ》るオセは、一気に上体を反らし、両手を広げた。

「さぁ僕《しもべ》たちよッ！ まだまだ餌が足りませんでしょう！ 今夜は馳走《ちそう》ですッ！ 存分に喰らいなさいッ!!」

暗闇が、再び波打つように蠢いた。蟻の大群が空間ごと動くように人影を襲う。

我先にと先を走る悪魔を後続の悪魔が踏み越え、津波のように高さを増し、逃げ場を失くす。

「ハハハハハッ!! 人間とは何故こうも愚かなのでしょう！ 人間一人を捕らえれば虫のように集

ってくる……簡単ですねェッ!!」

「氷鋳怪物《ジャック・フロスト》」

人影の足下から冷気の波が広がった。それは速度を増しながら、悪魔の大軍を呑み込む。

停止。

蟻の波が一瞬にして氷の檻に閉じ込められ、動きを失くした。

その冷気は地面や空気を伝い、オセに迫る。

「ふむ」

煩わしそうにオセが手を振った。

するとその冷気は霧散し、何事もなかったかのように首を回す。

「厄介ですねぇ……氷魔法、下級悪魔《レッサーデーモン》では相性が悪いですか……いいでしょう」

オセは手で合図を出すと、今まで大人しくしていた中級悪魔《デーモンズ》が動き出し、

『グぎッ、オオオオオオオオオオアアアアアアアアアッ!!』

咆哮の合唱を上げた。悪魔たちの身体は淡く黒い靄《もや》に包まれている。

「魔法耐性を上げれば、氷魔法など敵ではありません」

中級悪魔《デーモンズ》は下級悪魔《レッサーデーモン》と違い、漂う冷気に怯《ひる》むことなく臨戦態勢を取った。

凍ることなく、オセの指示を待つ。

「大方、下級悪魔《レッサーデーモン》如《ごと》きを屠ってきて増長でもしたのでしょうか……ですが、これらはワタシ、オセ

の特別製」

中級悪魔《デモンズ》だけではない。

下級悪魔を閉じ込めていた氷がバキバキと音を立て、徐々に罅《ひび》が入る。

氷の中で蠢く蟻の目や脚は一点に目標を定め、氷が壊れた瞬間にでも人影を呑み込むだろう。

「残念ながら、ワタシは上級悪魔《グレーターデーモン》。それに従う彼らもまた、そこらのものとは一線を画しています。

つまり、終わりです」

オセが手を振り下ろした。

破砕音が空間に響き渡り氷の檻が砕け散り、蟻の悪魔たちが這《は》い出《い》で氾濫する。

中級悪魔《デモンズ》が咆哮し、人影に迫る。

「それでは、良き出会いでした。大人しく餌として終わってくださ」

「ガルム」

「────ウオオオオオオオオオォォォォォォオオオオオオン!!」

蟻たちが宙で破裂し、血と脚の雨が降る。

オセの耳から血が噴き出し、中級悪魔《デモンズ》たちは後退《あとずさ》り、その外皮に点々と傷が入った。

「えらいな」

「えへへ！　褒められた！」

理解不能な現象にオセが目をしばたたかせる前で、和やかな声が響く。

中央の人影が頭を撫で終わると、もう片方の影に向かって手を差し出した。

「出し惜しみなし。ニヴル」

「はっ。宝物庫《ゴエティア》、No.《ナンバー》」

「あー確か……六十四？」

意味不明な会話を繰り広げた人影の片割れの女が、自身の腹を割いた。

しかしその中は赤ではなく、暗黒。

オセは焦燥に駆られ中級悪魔《デモンズ》たちに魔力を送るが、受けた傷の治癒に時間を割かれ、動き出しが遅れる。

「どうぞ」

「いや、ニヴルが取り出してよ」

「どうぞ」

「だから」

「どうぞ」

「あーはいはい！」

声を上げた男が腹の中に手を突っ込む。

「ふーッ……ふーッ……」と息を荒くする女は、明らかにその行為に興奮を覚えていた。

ずるっ、と引き抜いた男の手には……炎が燃え盛る剣。

「やっぱ、虫の駆除には火だよな」

重そうに剣を構えた男の影が、陽炎《かげろう》に揺らめく。

オセはその剣に……同族《グレーターデーモン》の気配を感じた。

「そーいえば、コイツもお前と同じ豹みたいな顔してたな」

男が持つ剣、それは明らかに。

「六十四番目の炎剣《ソード・オブ・フラウロス》。腕のいい鍛冶師が部下にいてな。上級悪魔《お仲間》の素材で作った剣で殺されるんだ……文句ねえだろ？」

「聞きたいことあるからすぐには殺さないけど」と軽い口調で言った男は、伸びをする。

「二人とも下がってて。……危なくなったら援護お願い」

「「はっ」」

自分で作った氷の景色を剣の熱で溶かしながら歩き、男はフードを外す。

「お前、総裁《プレジデント》だろ？　最弱の上級悪魔《グレーターデーモン》が粋がるじゃねえか……こんな大軍用意してくれてさ。餌はお前だよ、総裁《ひきこもり》」

陽炎を引き連れ、剣を引《ひ》き摺《ず》る屍王の背中をニヴルとガルムは黙って見送る。

下がってろ。彼がそう言ったからだ。

「うー……役に立ちたいのに……」

彼に聞こえないように呟くガルムの頭を狼耳ごと撫でながら、ニヴルはしっかりとこれから起こることを焼きつけようと目を凝らす。

「屍王は、力を取り戻そうとしているのです。私たちはそれを見届けるしかありません」

彼が力を取り戻すために必要なのは、『屍』。それを積み上げ、彼は高みに登るのだ。

自分たちがその機会を奪うわけにはいかない。ニヴルはそう自分に言い聞かせる。

しかし同時に、屍王が全知全能というわけではないことをニヴルは知っていた。命の危機に瀕することがあれば、彼は自分たちを頼ってくれる。

自分たちは屍王に付き従い、支え、屍王もまたニヴルたちを頼り、助ける。

この相互扶助こそ、ヘルヘイムという組織の本来の姿。

信頼があるからこそ、屍王は自分たちに背中を見せ、預ける。

「在り方は、変わっていないのですね……」

臣下としてではなく、昔の彼を知る者としてニヴルはそう溢した。

■

久しぶりだ。

片手で構えられるほどの片手剣は、俺以外のすべてに熱を波及させ空気を焦がす。

俺に剣の心得なんてない。

だからまず、力技。

「フラウロス」

剣が轟音《ごうおん》と共に燃え滾《たぎ》る。

その刀身に秘める高温を形にし、俺から伝わる魔力のすべてを炎に変えていく。

相当の重さの剣を横に構え、

「おぉ、らアアアァッ!!」

ただ、一振り。

渾身《こんしん》の力で振るったそれが放出する炎は、耳をつんざく騒音と共に前線に群がっていたムシアリの大軍を呑み込んだ。

『――――ッ!!　ジ……ジッ――――』

断末魔と蒸発音を響かせ、黒煙を上げるムシアリは無様に多足を暴れさせる。

ムシアリが落とした素材すらを燃やし、溶かし、焦がす。

残るのは、炭と化した素材の数々だ。

異能
【死の祝福】　総数　1842
1．命を奪った生物の総数に応じて、権能解放。　742／2000
権能　Lv1　痛覚麻痺　100／100
Lv2　恐怖克服　1000／1000

今の炎の波で屠った数は三百体以上。

なのにムシアリたちは衰えを見せず、本能のままに俺に群がろうと足を進める。

権能解放まで、あと千三百体くらいか。

「は、はったりですッ!!　フラウロスゥ？　公爵《デューク》の上級悪魔《グレーターデーモン》が人間如きに敗れるわけがないッ!!

僕《しもべ》たち、進み続けなさいッ！」

オセが熱の余波に当てられながら手を振るう。顔にはありありと焦燥が浮かんでいるが、傲慢な言葉を吐き、抗《あらが》おうと魔力を発した。

すると、空間の奥から限りなくムシアリが湧き、場を埋め尽くしていく。

だがそれは、俺にとって格好の餌食だ。

「本体が弱いと大変だなぁ、総裁様ぁ！」

剣を地面に突き刺し魔力を流すと、炎が地中を潜行する。

地面が罅割れ、罅の隙間から白炎が空間を照らす。群がるムシアリたちの足下からいくつもの火柱が立ち上がり、次々に蟻たちを焼き焦がす。

後退るオセは、自分が燃料を投下していることを理解していない。

燃やす。殺す。焦がす。殺す。溶かす。殺す。

殺す、殺す、殺すッ!!

焦げ、異臭を放つ屍の山を見るたび、その思いは強くなっていく。

数匹の中級悪魔《デモンズ》は外皮を溶かし、火柱が起こす熱風に足を動かせずにオセを守るように立ち塞がっていることしかできない。

あと、約千体。

剣に魔力を吸われ、自然と息が上がる。

オセは俺の様子に引き攣《つ》った笑みを浮かべた。

「お、おやおや……息が上がっていますか……。魔力がそろそろ尽きてしまいそうですねぇ？」

「つ、るせええ!!」

一息に剣を引き抜き、ムシアリの大軍に向かって横に薙《な》ぐ。

あと、約六百体。

「アハハハハッ！　下級悪魔《レッサーデーモン》に力を使っていては、ワタシには届きませんよぉ！」

調子を取り戻してきたオセは、鷹揚《おうよう》に煽《あお》る。

だが、追い詰められてるのはお前の方だ。

「おいおい総裁様、蟻の数が足りないんじゃねえのか!?」

まだ大軍と言っていい数だ。しかし、確実に後続の勢いは落ちている。

下級悪魔《レッサーデーモン》は、もう目に見える程度しか残っていない。

上がった息を誤魔化し、剣を引きずりながら蟻の中に突っ込む。

飛び掛かってくるムシアリを力任せに払うと同時に、放った炎が周囲を巻き込んでいく。

あと、約四百体。

「あなたを殺すには充分な数に思いますがねぇ？　あなたを僕《しもべ》にするのが、今から楽しみですっ！」

俺以外の二人を完全に失念しているオセは、勝ち誇りながら手を広げた。

僕《しもべ》という言葉に反応し、飛び出そうとしたニヴルとガルムを「来るな」と目で制する。

俺の魔力は確かにもうわずかしか残ってない。この剣に限らず上級悪魔《グレーターデーモン》の武具は魔力をバカ喰《ぐ》いする。

全盛期だったらそんな心配いらないんだけど……やっぱりブランクはあるな。

ただ、ゆるぎない勝算は変わらずある。

俺の通る道に続く屍の山が心地いい。悪魔王を殺すことしか頭になかったころを思い出して、クラスメイトたちの顔が思い浮かぶ。

何かを殺すたびに、アイツらを思い出す。

痛みも恐怖も感じない。感じなくなってしまった。

俺の足や手に食らいつく悪魔を至近距離で見つめながら自分の身体を炎で包み、ムシアリを焼却する。

「オオオオオオオオオオオオアアアアアアアアアアアアッッ!!」

俺の口から獣のような咆哮が上がる。身体に残った魔力をすべて剣に注ぎ込み、解放する。

炎熱が大軍を呑み込む。前を塞いでいたムシアリたちが炭化し、ボロボロと崩れ、俺に道を開ける。

下級悪魔《レッサーデーモン》は、もういない。

あと、一体。

「はあ……はあっ……っ」

『アァ……グおおっ……』

炎の一番近くにいた中級悪魔《デモンズ》は膝を突く。外殻は治癒が間に合わず、脆《もろ》く肉を晒《さら》していた。

魔力が足りずに炎を弱めた剣を引きずり、ふらつく足取りでその中級悪魔《デモンズ》に剣を振《ふ》り翳《かざ》す。

「あの大軍を焼き尽くしましたか……また一から集め直しですね。……やりなさい」

オセを炎から守っていた複数の中級悪魔《デモンズ》が指揮に反応し、俺に向かって突貫する。

俺は地を揺らす音にも気配にも怯まず、目の前の弱り切った悪魔に狙いを定める。

この中級悪魔《デモンズ》は恐らく、行方不明の探索者の成れの果て。

だが、殺すことに躊躇《ためら》いはない。

前の俺、屍王を名乗っていたころの名残が喚《わめ》き散らす。

その命を使って――――屍王《おれ》が仇《かたき》を取ってやる。

剣が悪魔を貫いた。

外皮からは想像もできないほど柔い感触を破り、血が噴き出す。

突き刺した剣を、ぐりッ、と捩じった瞬間。


権能、解放。

異能
【死の祝福】　総数　3100
1．命を奪った生物の総数に応じて、権能解放。　0／3000
権能　Lv1　痛覚麻痺　100／100
Lv2　恐怖克服　1000／1000
Lv3　屍の轍《しかばねわだち》　2000／2000

屍の轍。至極単純で、屍王に不可欠な権能。

奪った命の総数に比例して、俺のすべての身体能力を上げる。

ただそれだけの権能だ。

「無駄な足掻《あが》きをご苦労様でした。僕《しもべ》となったあなたを、精々こき使わせていただきます」

オセが一礼する。

『グオアアアアアアアアアアアアッ!!』

俺の横で、異様に腕が巨大化した中級悪魔《デモンズ》がその腕を俺に振るった。

豪風を押し出し、唸《うな》りを上《あ》げる剛腕は当たれば確実に俺の身体を砕くだろう。

だから、

――ガンッ!!

剣を下段から振り上げ、その腕を跳ね上げる。

「…………はい?」

間抜けなオセの声は、いやにこの空間に響いた。

俺に魔力は残っていない。オセはそう思っていたのだろう。

そして、実際にそうだ。

今のは魔力でもなんでもなく、身体能力のみで剣を振るっただけ。

『ッ!?』

腕をかち上げられ、たたらを踏んで後退する中級悪魔《デモンズ》に、一歩で肉迫する。本来硬いはずの外皮を無理やりこじ開け突き刺し、そのまま身体をなぞるように剣を滑らせ、振り抜く。

『グぎゃあああああッ!!』

痛みに声を上げる悪魔は俺を振り払おうと我武者羅《がむしゃら》に腕を振るうが、精彩を欠いた攻撃を躱すのは容易だ。

当たれば即死の腕をすれすれで躱しながら、弾《はじ》き、掻《か》い潜《くぐ》り、懐に入り込む。恐怖克服のおかげで、恐怖に足を引っ張られることもない。

数瞬で取り返しのつかない傷をつけ、突き刺し、切り裂く。流れるような思考に、身体が付いていく。

『オアアアブアアアブアッ!!』

するとと、もう一匹の中級悪魔《デモンズ》が勇ましく雄叫《おたけ》びを上げ、発達した顎でもって俺を噛《か》み砕《くだ》こうと迫る。

「ふッ!!」

突進で俺を喰らおうとする顎に向かって、振り返りざまに全力の横薙ぎを見舞った。

直撃を受けた悪魔の顎は粉々に砕け、衝撃が伝った悪魔の全身から血が噴き出る。

「な……なにが……っ」

その結果を横目で見ながら、他の中級悪魔《デモンズ》の攻撃を回避し、薙いでいく。

「……なぜだぁ……なぜだなぜだなぜだぁああぁッ!!」

頭を掻き毟《むし》りながら狼狽《ろうばい》するオセは盾たちが蹂躙《じゅうりん》される様に気が気じゃなさそうだ。

撃ち落とす、突き刺す、蹴り上げる、宙に跳んで頭部を潰す。

膂力自慢の悪魔たちを殺した後に残ったのは、後退るオセだけ。

逃げ場はない。オセ自身がそう設計して、この場所を作ったのだろう。

間違っても、獲物を逃がさないために。

「残念。ここは人間じゃなく、お前の檻だったみたいだな」

「くっ……くるなあああああああ────がぁッ!?　ひぎゃアアアアアアアアアッ!!」

脚を切り離す。

その場に転がり痛みに叫ぶオセの口に剣を差し込み、悲鳴を殺す。

「叫ばないでくれ。訳あって悲鳴がトラウマなんだ。静かに、な？」

「ふぐっ……ウウウウウッ……」

目を覗き込んで、あくまで冷静に問う。

「お前、『ヘルヘイム』って名前知ってる？」

「ッ！　ッ！」

「お、知ってんのか」

オセは剣を差し込まれたまま懸命に頷く。

そして、次の質問をする前に、ゆっくりと俺に近づけていたオセの手を斬る。

「……ッ!?　ぐうううッ……」

「この状況で悪あがきしようとすんなよ。……で、ヘルヘイムの実体とか知らない？」

「…………っ……っ」

オセは首を横に振る。

一瞬ガルムに目をやると、ガルムはしっかりと頷いた。

ただの人間には聞くことができない心音を頼りに、ガルムは嘘《うそ》発見器の真似事ができる。彼女によれば嘘は吐いてない……か。

「なんだよ、知らないのかよ……無駄足……いや待て、下っ端だから知らされてないのか……？」

「ぎ、ぎざまあああああッ!!」

下っ端と言われたことがよっぽど腹に据えかねたのか、オセは目を見開いて叫ぶ。口の端が切れるのも厭《いと》わず、断末魔の叫びともいえる言葉を喚き始めた。

「ワ、ワタシを殺したところでっ……何も変わらないッ！　貴様ら人類は、来る悪魔王復活の際には、誰もが無力に」

「え、なに、アイツまた復活すんの？」

「……は？」

「あー、やっぱ、偽ヘルヘイムの目的ってそれか……」

「な、なにを……」

「おっけ、聞きたいこと聞けたわ。ありがとう、総裁様。じゃあな」

「ぎゅぶッ」

口から頭部を貫くと、オセは絶命する。

力が抜けた全身が、衣服も含めたすべてが泥のように形を失くして、秘境の地面に溶け込んでいく。

残ったのは、光を反射しないほどの黒でできた水晶のような物体のみ。

上級悪魔《グレーターデーモン》の素材は高く売れるけど……流石《さすが》に武具に加工した方が使えるな。

素材を拾い上げて振り返ると、尻尾をぶんぶんと振るガルムと、異常に息が荒いニヴルの姿。

「王っ、王っ！　めっちゃカッコよかった!!」

「あぁ、アレこそまさに死を引き連れる屍王、御身のお姿であるのですね……！」

うん、やっぱニヴルってカルト的な恐怖あるよね……いや前の俺が悪いんだけどさ……。

熱で焦げてさらにボロボロのフードを被り直して、踵《きびす》を返す。

「じゃ、帰ろう……いろいろ情報も集まったし」

そう言って帰ろうとしたのだが、二人はその場を動かない。俺を見る二人の目には、熱と期待が籠もっていた。

その瞳にありありと書いてある。

アレをやれ、と。

ほんとにこの子たち……ああ、やだなぁ……。

しかし梃子《てこ》でも動かなそうな二人を見ながら、血が上ってくる顔を隠しながら小さく、ぼそっと呟く。

「……へ、ヘルヘイム……帰還する」

「「はっ」」

「――待ちなさいっ！」

声と共に、女が下りてくる。

華奢《きゃしゃ》な体格に見合った細剣をこちらに向け、鋭い眼光を曳《ひ》いていた。

黒の髪を一房に纏めた女は、勇ましい立ち姿で言う。

「聞いた、聞いたわよ。今、『ヘルヘイム』って言ったわね？」

おああああああ……どんなタイミングっ!?

聞かれた!?　今の聞かれたの!?

ああああああ、また生き辛《づら》くなっていく……。人間っていつか羞恥心で死ねると思うんだ……。

「騒動を聞いてやってきてみれば、大当たりね。探索者Lv８の権限に則《のっと》って、あんたらを帝国に連行するわ」

女の言葉に、感嘆の息を漏らす。

探索者Lv８。

上級悪魔《グレーターデーモン》との交戦が可能と判断された者だけが上がることを許されるレベル。

つまり、人間の能力の壁を越えた、超越者の証だ。

「アーテル・ナノアール。あんたらヘルヘイムを捕らえる英雄の名前よ！」

言い切った女に、俺は羞恥心と焦りで嫌な汗をかく。

違わないけど、違うんですぅ……。

■

探索者Lv8、アーテル・ナノアール。

ごく普通の平民家系に生まれ、それからわずか十年で開花。

瞬く間に探索者として成り上がったアーテルは【驍黒《ぎょうこく》】と謳《うた》われ、最高の探索者の一人である証、『色』の名前が付いた二つ名を授かった。

フォルテム帝国。

かつて世界で巻き起こった秘境の資源を発端とする世界大戦の勝者にして、今もなお衰退を見せない世界最大の国。

悪魔たちの台頭によって人と人との戦にひとまずの終止符《しゅうしふ》が打たれてから数百年、探索者の国としても知られている。

幼いころからその国で育ち数々の武勇を打ち立てた彼女は、その活躍から幼い時分に城に召し上げられたことも少なくない。

そのため、皇族家《こうぞく》からの信頼も厚く、親交も深かった。

そんな折、帝国は混迷の渦中に叩き込まれる。

アーテルと幼少期から友であった双子、帝国の第五皇子《おうじ》と第七皇女が誘拐されたのだ。

ヘルヘイムを名乗る、謎の集団によって。

帝国はあらゆる探索者たち、騎士たちに令を出し血眼《ちなまこ》になってヘルヘイム捜索に乗り出した。

しかし、名前が広がるばかりで実態は雲のように摑《つか》めないまま、ひと月が経《た》ったころ、遠方のグリフィル樹海が一夜にして凍り付いた。その報がフォルテム帝国に舞い込んだ。

ヘルヘイムを名乗る者たちは外法《げほう》の魔術を扱うという情報から、それらを結び付けたフォルテムの皇帝は、アーテルが率いる探索者パーティー『驍勇《ぎょうゆう》の槍《やり》』へ調査を命じた。

双子と親友で、とりわけ皇女とは実の姉妹のように仲の良かったアーテルはこれを快諾し、パーティーを率いてグリフィル神聖国領土に足を踏み入れた。

そして立ち寄ったガートという街で、中級悪魔《デモンズ》出現の騒ぎを聞きつける。

「Lv3の秘境で……中級悪魔《デモンズ》？」

「あ、ああ！　今討伐隊がその秘境にいるはずだ！」

「…………」

「どう思う、お嬢？」

押し黙ったアーテルを「お嬢」と呼んだのは、『驍勇の槍』の盾役《タンク》である探索者Lv6のテッド。

無精ひげを弄《いじ》りながら、鎧を着こんだ大柄な身体をずっしりと構えている。

「ありえないわね」

「同感です。聞いたところによれば、最初の行方不明者は一カ月前だそうです。それほどの期間、中級悪魔《デモンズ》が生き永らえるのは不可能。自然ではありません」

眼鏡《めがね》をかけ直し、アーテルに同調したのは治癒師《ヒーラー》のアミラ。その眼は行方不明者捜索の依頼が張り出されているボードを睨んでいる。

アミラの言葉に頷くのは、魔法師《ウィザード》のタグル。

「グリフィル樹海からほど近い距離での異常……関連性を疑うなという方が無理な話だ」

「決まりね。『驍勇の槍』、その秘境に向かうわ！」

その言葉に、ガートの探索者ギルドを歓声が埋め尽くす。

思い違いならそれに越したことはなく、当たりならば友のことを救えるかもしれない。行かない理由はないだろう。

「待ってて、二人とも」

アーテルは呟き、秘境に走った。

そして、辿《たど》り着《つ》いた秘境の奥。突き当たりで、彼女は目にする。

「地面が、崩れてる……？」

周囲の哨戒《しょうかい》をメンバーに任せ、アーテルはその形跡に足を向けた。

地下から上がる黒煙と、何かが焦げたような鼻をつく異臭に顔をしかめながら近づくと、

「あっつっちいわね……」

動きやすさを考え厚着をしていないアーテルでも、その白い肌にうっすらと汗を浮かべる。

まるで火山の火口でも覗き込もうとしているかのようだ。

微かに見えるのは消えかけの火。どうやら下に積もった炭の山が異臭の発生源のようだ。

訝《いぶか》し気《げ》に目を細め、仲間を呼ぼうとしたその時。

「――――」

人の声。

上手《うま》く聞き取れなかったそれに耳を澄ませる。

「ヘルヘイム……帰還する」

「――待ちなさいっ！」

聞こえた瞬間、アーテルは地下に飛び込んでいた。

華奢な体格に見合った細剣を人影に向け、鋭い眼光を向ける。

アーテルは、勇ましい立ち姿で言う。

「聞いた、聞いたわよ。今、『ヘルヘイム』って言ったわね？」

聞き間違いではない。

それは目の前で身体を大きく跳ねさせ、挙動不審にあわあわと身体を揺らす様子から一目瞭然だ。

「騒動を聞いてやってきてみれば、大当たりね。探索者Lv８の権限に則って、あんたらを帝国に連行するわ。……アーテル・ナノアール。あんたらヘルヘイムを捕らえる英雄の名前よ！」

油断などない。ただ真っすぐに人影を見つめる。

男の他に二人、脇に控えるように様子を見ている。

「お嬢！　どうした!?」

どんっ！　と鈍重な音を立て地下に降りてきたテッド。

後ろから続くようにアミラとタグルも着地した。

「ヘルヘイムよ。馬鹿みたいに自称してたわ」

「ば、ばか……」

アーテルの言葉にショックを受けたように声を上げたフードの男は、手に持った弱々しい火を纏っている剣で地面を掻きながら俯いた。

「や、まあ確かにバカみたいではあるけどさ……当時はカッコよかったんだよ、てか今も別にカッコ悪くはないじゃんか……ちょっと大人になったから羞恥心とか現実とか見ちゃうこともあるなぁってだけで悪くないと思うんだ…………まあ人前でやることではないか、そうか……」

男が身体を動かすたびに『驍勇の槍』は臨戦態勢を取る。

油断を誘おうというのか、攻撃を誘っているのか。

不可思議な言動を続ける男は、唐突に自分の手に持った剣と周囲の状況を見回した。

「あ、や、これは違くてっ！」

「……？」

そこで初めて、アーテルは周囲の状況に目をやった。

瞬間、脳がすっと血を引かせる。

ばら撒《ま》かれた探索者カード。

人であった形跡を残す遺体。

未だうっすらと火が燃えている現場。

そして、火を灯した剣を持った男。

パーティーメンバーたちも、それが何を示しているのか理解した。

中級悪魔《デモンズ》討伐のために編成された討伐隊が、全滅したのだと。

この男が、この惨劇を作り上げた張本人なのだと。

「……度し難いわね、ヘルヘイム」

一も二もなく、彼女は魔力を練り上げる。

「――暗纏《あんてん》」

彼女の口からそう聞こえた瞬間、他のパーティーメンバーは目を伏せた。

喪失魔法《そうしつまほう》。

使い手の限られるこの魔法は、その制御難易度の高さから実用段階まで練度を上げることは現実的ではない。

だが、アーテルはこれを使いこなし、『驍黒』の名を得ることになった由来でもある魔法。

効果は単純。しかし強力無比。

内容は――五感の剝奪《はくだつ》。空気中の魔力を伝播し、指定する相手に影響を及ぼすことができる。

アーテルはその中でも取り分け視界の操作に長けており、彼女と相対した者は口を揃《そろ》えてこう言う。

『黒……覚えているのはそれだけだ』

勇ましい姿とその逸話。

故に、驍黒。

アーテルの魔法の矛先は当然フードの男。

自身の魔力が男に届いたのを確認した直後、刹那の間に踏み込んだ。

「――シッ！」

鋭く息を吐き、細剣を足に向かって突き出す。狙いは殺害ではなく捕獲のため、まずは機動力を――。

「ちょ、待って本当に違うんだって！」

慌てた口調の男は、手に持った剣で易々《やすやす》とアーテルの細剣を払った。

「……は？」

「ま、まじかよ……」

効いていない。

アーテルやパーティーメンバーから漏れるのは理解不能の声だけだ。

そんな面々を気にすることなく、男は言い訳にも聞こえる弁明を始める。

「俺はここにいた上級悪魔《グレーターデーモン》をっ」


――――ツッツ!!


男の言葉は、秘境内に突如響いた轟音に掻き消された。その轟音は振動を伴い、秘境を揺らす。

音は止まずに、必死に口を動かしている男の声がアーテルたちの耳に届くのを阻んでいた。

耳をつんざく音に耳を塞ぎながら、驍勇の槍はお互いの顔を見回す。

至近距離で大声を出すことで、辛《かろ》うじて会話を成り立たせる。

「お嬢ッ！　こりゃ一体!?」

「わっかんないわよっ！」

残り二人も首を振り、不理解を示す。

振動を伴う音が徐々に鳴りを潜め、アーテルたちが耳から手を離した時。

聞こえてきたのは、空気を打つ音。それはまるで、超大型の鳥が羽ばたいた時のようなそれ。

アーテルは覚えがあった。

これは、竜の翼の音である。

「————うぅ」

上の方から聞こえてくる声は、徐々にアーテルたちに近づいてくる。

聞き覚えのある声に、アーテルは悟る。

先ほどの轟音は、秘境の上部が破壊された音だったのだ。

そんなことができるのは、ただ一人……いや、一柱《ひとはしら》しかいない。

「————王おおおおおおおおおおおおおおおおおおッッッ!!!」

ダンッッ!!

ソレが着地した衝撃で上がる土埃《つちぼこり》が、地下空間を埋め尽くす。

直後、風圧によって舞い上がった土煙が払われ、その姿をアーテルたちに見せる。

ぬばたまの黒髪、浅黒い褐色の肌。その頭頂には、明らかに人間ではない証である黒角。

美しい容貌を惜しげもなく晒し、素肌に一枚の布を被っただけのその女は、意気揚々と声を上げた。

「————ニーズヘッグッ！　推、参ッ!!」

生ける伝説。悪魔に対する最強の抑止力。

彼女を表する言葉は数あれど、もっとも有名な称号は――フォルテム帝国の守護竜。

彼女の存在こそ、帝国が最強たる所以《ゆえん》であることに間違いない。

当然、帝国所属の探索者であるアーテルは彼女を知っている。

Lv8以上の探索者は、一度は帝国の命で彼女と会うことになるのだから。

その中でも会う回数が多かったアーテルは、彼女と気安い関係を築いていた。

Lv10の探索者ですら彼女への勝機を見出《みいだ》せないと断言するほどの、純然たる最強生物。

竜種、ニーズヘッグ。

「……ニーズヘッグ……あんた……！」

アーテルだけでなく、『驍勇の槍』の面々もあんぐりと口を開けている。

「ん？」と声に反応したニーズヘッグはアーテルに目を向けると、

「おおッ！　驍黒のアーテルではないかっ！　何しとんの？」

「な、何してんのはこっちのセリフだっての！」

秘境の破壊。時と場合によってはその領土を支配する国への国家反逆に当たる大罪だ。

まあ、竜に法を説く愚か者がいればの話だが。

取り乱すアーテルと同じく、あまりの展開に思考を止めていた『驍勇の槍』たちは、落ち着き始めた心臓を抑えながら笑みを浮かべた。

「お、おいおい……まさかの守護竜様の援護とは……」

「皇帝陛下のヘルヘイム討伐へかける思いがそれほど大きいということなのでしょう」

「それにしてもこの登場はどうかと思うけどな……」

「ちげえねえ、心臓止まるかと思ったぜ」

ふっ、と笑みを浮かべる『驍勇の槍』の面々を見ながら、アーテルは肩を竦める。先ほどまでの緊迫感はどこへやら、アーテルの覚悟もぶち壊されてしまった。

守護竜と人間。戦いにすらならない。

アーテルは同情的な視線をヘルヘイムの三人に向ける。

「はぁ……あんたら、もう投降しときなさい。わかんでしょ、コレには勝てないわ」

アーテルは雑にニーズヘッグを指差し、呆れたように剣を下ろした。

「てか、投降してくれないとコイツはあんたらを殺しちゃうの。だから投降して。情報を聞き出さないといけないから」

「悪いことは言わねえ。早く決めな」

アーテルに続き、テッドも彼らを諭そうする。

だがそんなことを言うまでもなく、彼らには投降以外の選択肢は残っていないだろう。

なにせ、抗った瞬間、その人生に幕を下ろすことになるのだから。

「……？　な、なにを言っとるのだ？」

状況を呑み込めていないように首を傾げたニーズヘッグに、『驍勇の槍』の間の空気が弛緩《しかん》する。

「ニーズヘッグ、こいつらがヘルヘイムよ。どうせ、皇帝の頼みで来てくれたんでしょ？」

「それか、よくわからないけど退屈だから来たっていう、いつものやつですかい？　守護竜様」

「？？？？？」

言えば言うほど、ニーズヘッグは首を傾げて表情を歪めていく。

まるで、違う言語を聞いているかのようだ。

しびれを切らしたアーテルは、細剣をヘルヘイムに向け、叫んだ。

「だーかーらーッ！　皇帝の頼みでヘルヘイムをぶっ潰しに来たんでしょ!?　んで！　こいつらがそのヘルヘイム！　わかる!?　場合によってはこいつら殺すから、準備しときなさい！　いいわね!?」

言い切ったアーテルは細剣を振るい、ヘルヘイムに目を向ける。

「今の見てたでしょ。コイツめっちゃ強いのにめっちゃバカだから簡単に殺されちゃうわよ。大人しく投こ」

「なあなあ」

「今度は何よ!?」

話の途中で声を挟んでくるニーズヘッグにアーテルが反応すると、ニーズヘッグは、心底不思議そうに問う。

「なんで我《われ》が、『我《わ》が王』を潰すの？」


「……あ？」

「皇帝とか知らんよ、我。最近うるさかったけど、忙しかったから無視しとったし」

「ちょ、ちょっと待ちなさい！　な、何言って……」

「人捜しで忙しかったからの！　だが、やぁぁっと見つけたのだ!!」

アーテルが彼女と会ってから一番の得意げな笑みを浮かべるニーズヘッグ。

その顔には、自慢、名誉、誇り。およそ彼女とは無縁の感情が張り付いているように見えて……。

その時、ヘルヘイムの男がおずおずと口を開いた。

「あ、あの……ニド……そこらへんで……」

「おお！　そうだったそうだった！　わかっているぞ、王よ!!」

ニーズヘッグは男の声に嬉しそうに、意を得たりと頷いた。

そして、男の前で膝を突き、手で彼を指す。

身体を『驍勇の槍』に向け、「むふ」っと自慢げに息を吐いた。

まるで、忠臣が王を紹介するように。竜が、人の前で膝を突いた。

「ちょ、まっ！　ニドッ、や」

「このお方こそ!!　我らがヘルヘイムの王にして、世界の王ッ!!　屍王ヘル様にあらせられるッ!!」

「まっっっじでやめろばかがあああああああああああああっ!!」

ニーズヘッグは、興奮に顔を赤らめ宣《のたま》う。

言葉を失くした探索者たちの前で、世界の王（笑）は慟哭《どうこく》した。

■

最悪……最悪だッ……！

このあほドラゴン、やりやがった……！

「ニドぉ……てめぇ……」

「むふふ、王よ……今こそ世界に名を轟《とどろ》かせる時！　雌伏の時間はもうっ」

ガシッ。

「ほえ？」

膝を突いたまま俺を振り返ったニドの角を摑むと、そのまま顔を近づけ囁くように声を出す。

「しばらく会わないうちに忘れたか？　なあ、ニド……」

「お、王よっ、ち、近いのだ……！　わ、我は嬉しいがこんな多勢の面前で大胆だっ……」

「久しぶりでも変わんねえなお前はっ！」

「あっあっ、ちょっ、ゆ、揺らすでない！　角はハンドルじゃないのだっ！」

角を持ちながら頭を揺らすと、ニドことニーズヘッグはされるがままで抗議を口にする。

こいつは前からそうだった。

『不贅《ふぜい》』のニーズヘッグ。

ヘルヘイム幹部『八戒』の武闘派にして、自由奔放、傍若無人《ぼうじゃくぶじん》。そのくせ考えが足りないからよく問題を起こしてた。制御できるのは俺くらいで、よく割を食っていた。

まあこいつをヘルヘイムに引き込んだのは俺だからそれに関しては何も言えないが……。

だが今のはあまりにも見過ごせない。

こいつ多分、今世界でヘルヘイムがどんな見られ方をしてるか知らないんだろうなぁ……。

「ニド、俺言ってたよなぁ……幹部は？」

「な、名前を言わない」

「組織の名前は？」

「こ、口外禁止……」

「今のお前は？」

「ち、違うのだ王よ！　我はっ」

そうニドが反論しようとした時、横に控えていたニヴルが「はっ」と嘲笑《あざわら》うように声を上げた。

その声に、ニドは口を閉じて目を向ける。

「駄竜が。あなたはいつもそう。戦闘以外に取り柄のない組織の癌《がん》です」

「いたのか、自称右腕。ストーカーも極まれば才能か」

「黙りなさい」

「こちらのセリフだ牛乳《うしちち》」

「あなたに言われたくありません、贅肉」

「寵姫《ちょうき》気取りも大概にするが良い」

「あ？」

「お？」

相変わらず仲わっるいなこの二人……。ガルムですら呆れた顔をフードの奥で浮かべている。

こりゃダメだな、一回落ち着かせないと。

「二人ともやめろ。話は帰ってからだ」

「はっ」

「御意に」

息ぴったりにそう返事をした二人はもう口を開かない。

今までの一連のやり取りを見ていた探索者たちは、信じられないというように口を呆然《ぼうぜん》と開けている。

直視すると胃が痛くなってくる。

この人たち、俺が屍王とか名乗ってること知っちゃってるんだよな……。あ、やば、死ねる、軽率に死ねるわこれ。

妹に厨二ノート見られた時と同じ浮遊感と嫌な汗が背を流れる。

だけど、変に冷静な頭で状況を俯瞰する。

ヘルヘイムバレ、屍王バレ、目の前には探索者、その探索者はニドを守護竜様と宣っていた。

それに、何やらヘルヘイムを追っている口ぶり……。

ここで必死に本物だの偽物だの説明して信じてもらえるのか？

仮に信じてもらえたとして、帝国に囲われるのがオチだろう。

でも、それはなんか違う。面倒だし、なにより勇者だった時と何も変わらない。

誰かに利用されるのはこりごりだ。

俺はフードを深く被り直し、手に持っていた剣をニヴルに渡す。

ニヴルはその剣を腹に収納し、その行動に再び探索者たちは時間を思い出したように動き出そうとする。

「と、止まりなさい！　あんたらはっ」

「黙れ」

空間から、音が消える。

演じる、過去の俺を。屍王を。

この状況を利用してしまえばいい。逆に好都合だ。


「我が名は屍王。真実のヘルヘイムの主だ」


「は？」

黒髪の探索者が間抜けな声を出す。

構わずに腕を横に伸ばすと、ニヴル、ガルム、ニドが俺の後ろで膝を突く。

「世に蔓延《はびこ》るヘルヘイムを名乗る、我らの名を騙る狼藉者《ろうぜきもの》ども。欺瞞《ぎまん》に塗《まみ》れた贋物《がんぶつ》どもを、これより、粛清する」

適当をぬかしても、力で解決する。前と同じ轍《てつ》を踏もうとしてるのが自分でもわかる。

でも、頭が良くない俺に搦《から》め手《て》は無理だ。

痒《かゆ》くなってくる全身を無視して、このまま言い募る。

「帝国……フォルテムの探索者よ。我が名をフォルテム皇帝に伝えるがいい。そして偽のヘルヘイムの存在もな。皇帝以外に口外した場合、それ相応の報復を用意しておく。賢明な判断を、期待しているぞ」

「ま、待ちなさい！」

「不妄」

「はっ」

呼びかけると、ニヴルが魔法を発動した。景色が歪み、閃光《せんこう》が破裂する。

時空魔法、Lv8、転移《テレポート》。

この魔法も使える者が限られている。俺たちが相応の力を持っていることもアピールできただろう。

転移《テレポート》した先の周りは霧に包まれ、見覚えのある大きな館が俺たちを出迎えた。

ヘルヘイムの拠点、エリューズニルだ。

「あ、ぁあ……やっちまった……」

下がり切ったテンションの中、さっきまでの言動を振り返る。

「自分から名乗ったら終わりだろぉおお……何やってんだ……」

しかし、言ってしまったのだからこの後悔も意味がない。背に腹は替えられない。

それに、

「屍王、見事な宣誓にございました」

「王っ！　王っ！　やっとだね！」

「むふふ、我らが王を、世界が知るのだっ!!」

馬鹿みたいに嬉しそうなこいつらを見ていると、まあ悪くなかった。

そんな気がしてくる……気がする。

秘密結社も潮時か……。

まあ、それはそれとして。

「ニド、仕置きだ」

「えっ、あっ、待ってくれ王よ！　我は王が世界に知られるべき人間だとっ」

「座れ」

「………ぎ、御意に……」

■

真実のヘルヘイム。贋物ども。

守護竜の裏切り。

屍王。

あらゆる情報の氾濫に、驍勇の槍はその場から動けずに沈黙していた。

そんな中、アーテルは誰よりも先に足を動かす。

「帝国に戻るわよ。皇帝に伝えないと」

「お、お嬢！　今の奴らもそうだが、グリフィル樹海はどうすんだ⁉」

アーテルは、やけに湿った地面を足で突く。微かに魔力の反応を発するそれに、眼を細めた。

炎の剣と、やけに湿った空間。

氷漬けにされていたものが融《と》かされたような跡が、空間全体に点在している。

氷が融けたような周囲の状況から、グリフィル樹海を凍らせた人物を予想する。

「屍王……覚えたわよ」

彼の言っていることが真実なのか虚偽なのか。

それは些細《ささい》な問題だ。

世界にとって、屍王の言う偽ヘルヘイムと、屍王本人。果たしてどちらの方が危険なのか、アーテルにはわからなかった。

■

「あのさ」

久々に足を踏み入れたエリューズニルの会議室。

昔とその姿を変えていない室内に感慨を覚えながら、俺はずっと気になっていたことを口にした。

「ヘルヘイムの名前、広まり過ぎじゃない？」

これである。

今この世界でヘルヘイムを名乗る何者かによってこの名前は広まった。

しかし、しかしだ。

厨二全開だった俺が作ったのは、知る人ぞ知る秘密結社。世界に名を轟かせるのではなく、悪魔族が恐怖と畏怖を込めて語り継ぐだけ。

それだけの名前だった。ここまで有名ではなかった。

「いくらなんでも広まり過ぎだろ」

その言葉に、幹部の三人は俺を見つめ言葉を待つ。

つまりだ。

今この世界に蔓延っているヘルヘイムの名を騙る何者かは、昔から俺たちのことを知っていた。

そういうことになるのだ。

ならば、その名前を世に広めたのは誰なのか。

容疑者はいくつか存在する。

悪魔族の残党、この世界で言う百八十年前にヘルヘイムに関わった数人の人間、そして……ヘルヘイムの幹部の誰か。

まず、悪魔族の残党の可能性は低いように感じる。

あいつらは秘境内に潜み外界との干渉をほぼ断っている。今回のオセのようなイレギュラーはあるかもしれないが、それにしたってこれほど拡散することはしないだろう。

次に、以前にヘルヘイムに関わっていた数人の人間。

それらは全員、悪魔王討伐を援助すると同時に、口外を固く禁じる契約を交わしている。

物理的に口外は不可能だ。

ならば……。

考えたくはない。だが、この中で最もその可能性があるのは、

「俺たちの中《ヘルヘイム》に……裏切者がいる可能性がある」

両肘を机に突き、顔の前で組んだ手で表情を隠しながら、そう言い放つ。

会議室は沈黙する。

それはそうだ。仲間が秘密を全世界に漏洩《ろうえい》したかもしれないのだ。ニドどころの話ではないだろう。

ニヴル、ガルム、ニーズヘッグ。

それぞれの目を見ながら、信頼を持って問う。

「ヘルヘイムの名前が広まったことについて、三人は何か覚えがあるか？」

こいつらは俺に嘘を吐かない。だからこれは形式上の質問に過ぎない。

そして答えは、決まっている。

決まって…………。

「…………」

「…………」

「…………」

ん？　なんでこいつら揃いも揃って目ぇ逸らしてんの？

あれ？　いやいやいや……え？

「ニド？」

「……ぁぁ」

声ちっさ。

「ガ、ガルム？」

「…………がぅ」

かわい。でもなんか知ってんなこれ。

「ニヴル」

二人から視線を外して、正面に見据える。

『不妄』のニヴル。

その名を与えた時ニヴルと俺の間で結ばれた戒律は、『屍王に対しての虚言を禁ずる』ということだった。

ニヴルは、震える口で答えを口にする。

「そ、その……ぜ、全員です……」

「……はい？」

「……屍王が姿を消してから、パニックになった八戒が……捜索のために触れ回りました……」

「…………あぁ!?」

「で、ですがっ！　今世を騒がせているのは我々ではありません！　その名前の出所は…………われわれかもしれませんけど……」

最後の大事な一言を口ごもったニヴルは、泣きそうな顔で子供のように口を尖《とが》らせた。

「な、なんで……？」

「だ、だって！　急にいなくなるんですもん！　だから、ヘルヘイムの名を広めれば、私たちをお叱り下さるために屍王が姿を現すかなぁ……って」

「でもね王っ、屍王の名前は口外してないよっ！　これは絶対！」

「我もだ！　絶対だ！」

「お前はさっき堂々と口にしやがったけどな」

「ぐむっ」と口を噤んだニドの角を摑みながら、頭を揺らす。

いやでも……マジかよ……。

あれだけ規則に厳しかった八戒が……マジか……。

俺が消えただけで、ヘルヘイムは機能を止めた。

でも多分、その理由は。

「……お前らにとって……ヘルヘイムってなんだ？」

「屍王と共に在るための場です」

「王の正義の名前！」

「我が王の力の象徴だ！」

そう。

こいつらにとって『ヘルヘイム』なんて名前に意味はなかった。

こいつらが大事にしてくれていたのは、組織ではなく『屍王』……俺だったのだ。

怒りなんて湧いてくるはずもなく、羞恥心もない。ただ、申し訳ない気持ちがこみ上げてくる。

八戒の面々は、拠《よ》り所《どころ》がなかった怪物たちの寄せ集め。そしてその新たな拠り所は、ヘルヘイムではなくて、屍王。

怪物としての自分を打ち倒すほどの強者に光を見出し、自分の居場所としていたんだ。

俺はどこかで甘く考えていた。俺が消えたと知った時、こいつらは悲しんだだろう。

でもそれは、仲間が一人消えた程度のものだと思っていた。

だが違った。

親が急に姿を消したら、子はどうなるか。

こいつらにとって俺は、そういう存在だったのだろう。

俺にとってはごっこ遊びだったかもしれないけど、こいつらにとっては違った。

ただそれだけのことだ。

ヘルヘイムの名を騙られていると知った時、俺は気持ち悪かった。

羞恥心とはまた違った、嫌悪だ。

もちろん、今考えてみれば自分が作り出した組織に付けるにしては恥ずかしい名前だし、大したプライドも持っていない。

でも、ヘルヘイムっていうのは俺と八戒の名前だ。

その優先順位は、ヘルヘイムという名前なんかよりも八戒の奴らの方が上。

名前なんてどうでもいい。

八戒にとっても、ヘルヘイムという名前にそれほどの価値はないのだろう。それこそ、俺を捜すためだけに世界に広めてしまう程度には。

「…………悪かった。急に消えて」

「……ご無事で居《お》られただけで、充分でございます。ヘルヘイムの名を喧伝した処罰は、いくらでも受けます」

「ガ、ガルムも、ごめんね……」

「我も、王に対する裏切りであると言われるのならば、甘んじて受けようぞ！」

「それを言うなら屍王バラシが一番の裏切りだよ、ほんとに……」

「あっあっ、揺らすなっ」

なにやら神妙な空気にニドの声が響くと、急速に雰囲気が弛緩した。

処罰も何も、特に口外されたことでデメリットなんてない。俺が超絶恥ずかしいくらいだ。……いや、結構なデメリットではあるけども。

まあ、そんなことより、

「処罰なんてしないよ。怒ってもない。元からヘルヘイムなんて名前に特に意味はないし……八戒《おまえら》が居ればそれでいいよ」

言った瞬間、石像のように身動きを止めた三人を見ながら、俺は懐から素材を取り出す。

それは、上級悪魔《グレーターデーモン》であるオセが落としていったものだ。

「とりあえず当面の目標は、偽ヘルヘイムの手掛かり探しだな。なにやら悪魔王が関わってるっぽいし……慎重にするには時間の猶予も気になる。ってことで、探すついでに他の八戒と合流しようと思う」

上級悪魔《グレーターデーモン》の素材を使った武具を造れる人間は多くない。この世界においてほんの一握りだろう。

でも、その人間に心当たりがある。

八戒の一人にして、世界最高の鍛冶師《かじ》。

『不飲《ふいん》』のグルバ。

「グルバにこいつを加工してもらうついでに、情報収集もしよう。目指すは、鉄鋼都市ガギウルだ」

ニヤリと笑って決める。

が、反応がない。

「あれ？」

見ると、三人は忙《せわ》しなく身体を揺らし上の空だ。

「……ニヴルが居ればそれでいい、なんて……正妻ですか？」

「改竄《かいざん》すんな、言ってねえよ」

「王はガルムと交尾したいの？」

「お前の口からそんな言葉聞きたくないよ」

「お、王よっ」

「ろくなことじゃねえな」

「まだ何も言ってないのだ！」

ほわほわと浮ついた女性陣を見ながら、心の中で誓う。
まず、八戒の男性陣を回収しよう、と。
依然として不透明な偽ヘルヘイム。
目的も素性もわからないそいつらに対して、恐怖は微塵《みじん》もない。
まあ、こいつらと一緒ならどうにかなる。過去、悪魔王を倒した時のように。
「気楽にいくか」
自然と浮かぶ笑顔と共に、そう呟いた。

THE RETURN OF THE CORPSE KING

I, a former hero, have been summoned back to
Isekai to stop the CHUUNI
secret society organized by me.

三章 □ ガギウルの鍛冶神

I, a former hero, have been summoned back to

Isekai to stop the CHUUNI

[illegible]

鉄鋼都市ガギウル。

巨大な鉱山、ヴェヒノス鉱山の麓に寄り添うように作られた鉄鋼の都。ガギウルの大木と名がつく巨木が街の中心に聳《そび》えている。

鍛冶《かじ》師の聖地と呼ばれ、あらゆる悪魔の素材が集まる場所。商業の盛んな都でもある。鍛冶師を目指す職人が集まり、その職人が造る武具を求め貴族や探索者が集まり、その循環にあやかろうと商人が集まる。

鍛冶師は己の神髄を形にしようと自然の資源と悪魔の素材を混ぜて鋳型に流し込み、炉に入れ打つ。

貴族や商人はそれに価値を付け、売買や競売を行う。

探索者は商人に素材を売るため、鍛冶師に己が得た素材を預け自分だけの武具を依頼するため。

そんな様々な思惑で色めくこの街で、一際異彩を放つ存在がいる。

『王匠《おうしょう》』。

この世界で鍛冶鍛造の最先端を行く者たちに与えられる称号だ。

そしてその王匠の中でも、鍛冶神と謳《うた》われる老人。

鍛冶神グルバ。

金さえあれば誰にでも武具を造り、己の神髄を惜しげもなく晒《さら》す。

しかし提示される金額は法外で、実質、王家や大公家、皇族《こうぞく》、高名貴族に最高位の探索者など、世界の中核を担う者たちにしか武具を造らない。

だが、それが罷《まか》り通《とお》るほどの神技を備えた老翁《ろうおう》である。

人族でありながら長い年月を生きる彼は、今年で三百三十歳を数える長寿だ。

この世界では魔力量によって寿命に差異があり、種族の違い以外にも寿命の差が生まれる。

一般の人族の寿命が地球と変わらない八十前後であることを鑑みれば、その異常性はわかりやすい。

その上、彼ほどの長寿は人族の歴史を見ても稀《まれ》であり、彼が崇拝される一因でもある。


「グルバ様、今回は」

「去《い》ね。交わす言葉などない」

「はっ、はいぃぃぃ！」

グルバが打った武具を抱え去る貴族の男を見送ることもなく、彼はキセルに火を移し、煙を吐いた。

作業だ。あれだけ心を燃やした鍛冶が、今となってはただの作業。何かを必死に待ち続け、そのいくつもの期待を裏切られ続けた末路。

「若……結局、おぬしが最後だったぞ」

哀愁と共に心が漏れた気がした。

鍛冶師の幸せとはいくつもの形がある。

最高の作品を造ること。誰より多く武具を打つこと。自身の技術が神技の域に到達すること。

そしてグルバにとっての幸せは、彼の造る武具が十全に扱われることだった。

鍛冶師の家系に生まれ、物心ついた時から鎚《つち》を握っていた。打つごとに心が燃え滾《たぎ》り、できる武具たちに愛情すら感じた。

長年の研鑽《けんさん》にすべてを費やし、技を極め続けた。

そして気が付いた時には、自分が造る武具が、人間の扱えるものではなくなっていた。

悪魔の素材を活《い》かした武具を造ろうものなら、その武器を持つ者に悪魔だったころの記憶が植え付き、自我を失うのだ。

全霊を込めて造った武具は人の手に余り、片手間で造った武器が神器として崇《あが》められる。

グルバが本気で打った武具を扱えたのは、後にも先にもたった一人。

それ以外の有象無象《うぞうむぞう》は、グルバの暇つぶしで造った武具を彼の最高作だともて囃《はや》す。

小高い場所にある工房から、ガギウルの中央に聳える大木を見つめる。

ガギウルの大木。その幹に、今日も多くの人が虫のように集《たか》っている。

人々の目的は、その幹に突き刺さった一振りの剣。それは、グルバが本気で打った代物だ。

「これを抜いた者に、ワシの神髄を得る権利をやろう」

無気力にそう呟《つぶや》いたグルバの言葉は、一気に大陸中に広がった。

ただの力自慢から名高い探索者。勇者の生まれ変わりを豪語する色物。新進気鋭の若者たち。将来王座を約束されたいわゆる選ばれた者と呼ばれる人間までもが、その剣を抜こうとその木に集る。

ただ一振りの剣のために国を動かす者まで来るのだ。

しかし、不動。

彼の神髄を受け止める者は、ただの一人として現れることはなかった。

「若よ……もう一度、ワシの武具が生きている様を見ることは叶《かな》わんのかのぅ」

今日も、ガギウルの大木に集るのは有象無象ばかり。


そう、思っていたのだ。

■

ガギウルの街にはいつも通り金属音が鳴り響き、炉の熱が街を漂っている。

広く栄えた街の中を行くのは、鈍色《にびいろ》の髪を靡《なび》かせる一人の少女。

「こ、これは……アイレナ様」

「……ええ、客入りはどうかしら？」

「おかげさまで」

「そう。……励みなさい」

「……アイレナ様も……いえ、それでは」

露店の商人とよそよそしい会話を繰り広げた少女は、集まる好奇の視線に堪えかねて踵《きびす》を返《かえ》す。

少女は行く先々で職人や商人たちに声をかけては、寒々しい反応に晒される。

まるで、可哀《かわい》そうな者でも見るかのような視線と言葉に下唇を嚙《か》みながら、それでも凛《りん》と歩を進める。

「……なあ、あれ」

「領主の娘だよ……それもいつまでのことかわかんねえけどな」

彼女の背中を見送りながら、住民たちは声を潜める。

腫れ物にでも触るかのように、後ろめたいように。

「なんでも領の不作だとか……荷が重いだろう」

「つっても、こっちも商売でここにいるからなぁ。頼りねえ領主は変わってもらわねえと立ちいかねえ」

「頑張ってるのはわかるが、領主……父親の乱心と領内の不作。他の貴族との折り合い……もうどうにもならねえだろうに」

「まあ……隣の貴族に目を掛けてもらってるらしいから、大人しく……」

「馬鹿！　流石《さすが》にやめとけ！」

「毎日街に顔出してっから支持はあるんだが……能力がな」

「まだ歳《とし》いかない女の子に、ガギウルは手に余るだろうて」

住民たちは口を揃《そろ》えて暗い感想を溢《こぼ》す。

幼いころから街に親しんできた少女に贈るものにしては棘《とげ》を孕《はら》んだ言葉が少女の背中を刺す。


「……全部、わかってるっての」


少女は拳を握り、それでも前を向く。

向くしか、なかった。

■

「うーん……どうすっかな……」

「屍王《しおう》……どうされましたか？」

ニヴルの転移《テレポート》で麓に鉄鋼都市ガギウルがあるヴェヒノス鉱山の中腹に降り立った俺は、鉄の音が響く都市を俯瞰《ふかん》しながら思案する。

当面の目標を立てた俺たちヘルヘイム。だが、当然と言えば当然の悩みにぶち当たった。

「金が……ない！」

そう、金欠である。

よく考えればわかることだった。

俺は再び召喚されてから金を得る機会はなく、ヘルヘイムの性質上、国からの報酬やら悪魔の討伐素材を売るなどの金策を取れないためエリューズニルにも備蓄はほとんどなかった。

さらに、俺の消失でヘルヘイムの機能が止まっていて、それが顕著だったのもある。

「王……ガルムお腹《なか》すいた……」

「王よッ！　我、あの街くらいなら一日で滅ぼせるぞ！」

これである。

再会した面々がことごとく世相に疎い子たちなのだ。

っていうかまあ、ヘルヘイムでそういうのに強いのは主に男性陣。女性陣は局所的にとんでもない才能を持った……まあ結構難しい子たちだ。

ニヴルは頭いいんだけど、どうにも俺から離れようとしないから世間との関わりとしては一番弱いまである。

というわけで、金がないのだ。

「ガギウルで稼ぐ……探索者にでもなるか……？」

「短期間で稼ぐのならそれが妥当かと。ですが……」

「そうなぁ……顔晒しながらだとリスク高すぎるし、仮面とかつけたら怪しすぎるよな」

昔の俺に言わせれば闇に生きる者の運命《さだめ》ってやつか……。

あ、やば、自分で言ってて気持ち悪くなってきたな。

麓に向かって歩を進めながら、身震いする。

金に関してはグルバに頼るしかないかなぁ……商売とか一際強そうだしな、生産職だし。

部下にたかるという我ながらダメな思考にため息を吐《つ》きながら、どうにかして稼ぐ方法を考える。

「むふぅ、任せろ王よっ！　帝国の守護竜と言われた我が言えば金などいくらでも」

「黙りなさい駄竜。自分の置かれた状況もわからないのですか？」

「牛がモーモー鳴くでない。だから乳にしか養分が回らんのだ」

「は？」

「む？」

「はいはい喧嘩《けんか》しないよ。ニドはちっさくなって俺の肩にでも乗っといてくれ。お前の姿を見られたら大騒ぎになるからな」

「はっ、ほら見なさい」

「むっ、ぐぐぐ……」

「はぁ……二人とも、王の前で情けないよ……」

悔し気に唸《うな》ったニドは一瞬身体を光らせると、三十センチ程度の翼竜に姿を変えた。

見た目はただのミニドラゴンで、愛玩動物として貴族に買われることもあるほどありふれた容姿になる。

「ふぃぃぃぃ……まあいいのだ。王の肩は今から我の聖域にするのだ」

ぐでっと俺の肩で羽を休ませるニドを軽く撫《な》でながら、俺たちは鉄鋼都市ガギウルへと足を踏み入れた。

麓に降りた俺たちの前には、商人や探索者の長蛇の列。

列に並ぶこと少し。ローブを着た集団など特に珍しくもないのか、逡巡《しゅんじゅん》の末、門番は「通れ」と俺たちを通す。

フードの中に隠れていたニドが不満げに「王に『通れ』とは何事だ」と、俺の肩をてしてしと叩《たた》いていた。

それを宥《なだ》めながら街を進むと、街の外からでも見えていた巨木が存在感を持って俺たちを出迎える。

「……最後に見た時より、めっちゃでかくなってるな」

そりゃ百八十年もあったら成長するだろうが……これは予想外だ。景観的にどうなんだろ、これ。

「ニヴル、これ」

「ガギウルの大木として、シンボルや文化財のように讃《たた》えられているそうです。観光名所といったところでしょうか」

「あ、そう」

ならいいんだけどさ。

ガルムは口を開け大木を見上げながら、俺の裾を引く。

「王っ、王っ、これって、王が植えた樹《き》だよね！」

「うん、植えたっていうか捨てたっていうか……」

悪魔たちが崇拝していた魔力を帯びた神木の苗木を、かつて悪魔の拠点だったガギウルの街に埋めたのだ。

見る見るうちに成長する樹を見て見ぬふりをしていたら、こうなったというわけだ。

かなりの時間の流れを感じながら感慨深くなっていると、ガギウルの大木の一部に集まるように人が群がっているのが目につく。

商人の馬車や探索者らしき人たちも集まっている。人数的には十数人だ。

「なんだ、あれ？」

「行ってみますか？」

「……ああ、気になるな」

俺が手を上げると、いつの間にかニヴルとガルムは俺の側《そば》から姿を消す。

人込みに紛れながら、ほんの少しの気配が俺の後ろについているのを確認すると、ガギウルの大木に向かって足を進める。

ちょっとした興味本位でガギウルの大木の根元に近づくと、商人馬車の御者台に座っている男が俺を見て「おっ！」と声を上げた。

「そこのフードの兄ちゃん！　もしかしてあんたも挑戦者かい？」

「挑戦者？」

「……ん？　もしかして知らんのか？」

「そう、みたいですね」

俺の答えに首を傾《かし》げた商人の男は、「まあいい」と言いながら、人が集まっているガギウルの大木の幹を指差す。

それを追うように視線を移すと、そこにはがっつりと樹に突き刺さってしまっている白銀の刃《やいば》を覗《のぞ》かせる一振りの片手剣。

「剣……ですか？」

「ああそうさ！　あの王匠、鍛冶神グルバが突き刺した剣だぜ！」

「……はあ!?」

「うおっ!?　どうした兄ちゃん!?」

商人の男は驚いたように俺を見下ろすが、俺はそれどころではない。

剣を……刺した!?　観光名所に!?

「う、嘘《うそ》だろ……」

え、それヤバいんじゃない？　罰金とかすごくない？　ここでグルバと俺が仲間だってわかったら、請求って俺に来る？

まずくない……？

「ど……どうしよ、ニド」

「うーん、あの偏屈な鉄《てつ》の翁《おきな》のことだ。急に消えた王に怒り、王の植えた樹に自作の剣を刺した……とか、考えられなくもないか……の？」

それって俺のせいってことじゃないですかあああっ!!

内心汗だっらだらの俺は、平静を装いながら商人の男に尋ねる。

「あ、あの……それで、挑戦者っていうのは……？」

「あの剣を抜けるかどうかってことだ。いろんな奴《やつ》が試したらしいんだが、びくともしないんだよ」

「な、なるほど。だから探索者の人たちが多いんですね」

力自慢も多いだろうしな。

「見てみろよ、商人が多いだろ？　もし抜ける奴がいたら、買い取ろうって魂胆なんだよ、俺含めてな。なにせ、鍛冶神グルバの傑作だ」

「へぇ……」

「なんでも、グリフィル神聖国の一団がここに向かってるらしくてなぁ……噂《うわさ》では、その中の誰かなら剣を抜けるんじゃねえかってよ。だから今が最後のチャンスってわけだ！」

ん、待てよ？

「王よ、我いいこと思いついたのだ！」

「ああ、多分俺もだ」

「おお！」

肩のニドが小さな羽をパタパタさせながらフードを内側から押し上げる。

この剣抜いて商人に売れば、いいこと尽《ず》くめじゃね？　恐らくニドもそう思ったのだろう。

そうすれば、ガギウルの大木の剣もなくなり、金も工面できて、罰金に充てることもできる。

一石三鳥である。

問題は、あの剣が俺に抜けるかってことだけど……。

「あの剣が、グルバの最高傑作ねぇ……」

とてもそうは見えない。

仮にそうだったとして、そんな剣をグルバが樹に刺すわけがない。あいつは、自分の作品が使われることを至上の喜びとしていたはずだ。

だからあれは、グルバにとってそうでもない剣である可能性が高い。

だとしたら、六十四番目の炎剣《ソード・オブ・フラウロス》を扱える俺なら、多分、いける。

「よし……！」

「おっ、行くか兄ちゃん！　もし抜けたら言い値で買ってやるよ！　がはははっ！」

「マジですか!?　お願いします！」

「ははは……あ？」

呆《ほう》けた男を置いて、人込みを掻《か》き分《わ》けてガギウルの大木に近づく。

「くっそー！　ダメか……」

肩を落とす少年とすれ違い、ガギウルの大木を管理しているのか、役人らしい人が俺に視線を向ける。

「次は君か？」

「ちょっと、やってみます」

「そうか。樹を傷つけようとする行為を見つけた場合は、即刻街を出ていってもらうことになる。慎重にな」

「はい」

見世物のように騒がしい観衆の中で、俺は剣の柄《つか》を手に取る。

瞬間、流れ込んでくるのは力を奪われるような感覚。

なるほど、確かに本気で打ってるみたいだな、グルバの奴。

これは、素材に使われた悪魔の抵抗だ。悪魔を活かす技法を極めたグルバが造った武具にはこれがある。

だから武具を本気で打てなかったグルバは、それが使える俺に付いてきてくれたんだ。

そして、この現象の最大の原因は、恐怖。悪魔に対する恐怖が一欠片《ひとかけら》でもある人間には、グルバの本領の武具は使えない。

俺が使えるのは、恐怖克服の権能ゆえだ。それを証明するかのように、抵抗はすぐに収まる。

何事もなかったかのように、深く刺さった剣が、音を立てる。

あれほど騒がしかった観衆の声が、その音で水を打ったように静まり返る。

ずずっ……と重いものを引きずるような音と共に、

「うむ、流石王であるな」

――――剣が、引き抜かれた。


「――待って！」

静まり返った観衆の中で、少女の声が響く。

「その剣を譲って頂戴。もちろん、剣を抜いた功績も一緒にね」

堂々と凛とした佇《たたず》まい。鈍色の長髪に銀の勝気な眼光《がんこう》。整った容姿と身なりからそれなりの身分であることが窺《うかが》える。

だけど……。

「いきなりめちゃくちゃ言うな、君」

「……承知の上よ。当然買い取るわ、正当な値段でね」

少女から視線を外すと、十数人の観衆が唖然《あぜん》と口を開けたまま俺が抜いた剣を見ている。

多分、誰かが口を開けば一気に騒ぎが大きくなるだろう。

俺は一旦、言い値で買うと言ってくれた商人に剣を示して目を向けるが、

「っ！　っ！」

思いっきり首を振って手ぶりも合わせて拒否された。

あれ？　買い取ってくれるんじゃないの？

あぁ、あれか。抜けるわけないと思って言った冗談だった感じか。なんだよ、冷やかしかよ……。

そう肩を落としたその時、最前で口を開けていた少年が声を上げようと息を吸った。

「剣がっ……」

「不妄」

「加速《アクセラレート》」

俺の呼びかけに間髪入れずにニヴルが魔法を展開する。

すると、

「え……？」

環境音が鈍重にねじ曲がり、世界の速度が極めて緩慢になる。ひどく不気味な現象に少女が声を上げるが、答える人間はいない。

時空魔法Lv7、加速《アクセラレート》。

これはかなり強力な強化魔法なのだが、ニヴルほどの怪物が使えばその効果を変えてしまう。

今、俺と目の前の少女は世界から切り離されている。簡単に言えば超加速してるのだ。

例えば大木から落ちてくる落ち葉。よく見たら動いてるかなぁ……ぐらいにまで速度が落ちている。これは世界の速度が落ちてるからじゃなくて、俺と少女、二人の速度が上がってるからだけどな。

これは世界全体を遅速させる時空魔法Lv9の減速《スローダウン》より、たった二人を対象にした加速《アクセラレート》の方が消費魔力が少なく、効果時間が長いからだ。

まじでニヴル有能。あとで褒めてあげよ。

「ちょ、ちょっとどうなってるのよ!?」

「大丈夫。叫ばれると面倒だからさ」

「だ、大丈夫って……」

「話あるんでしょ？　五分ぐらいしかこの状態維持できないらしいから、とっとと済ませよう」

言いながら剣を地面に突き立てる。長年大木に突き刺さっていたにもかかわらず刃毀《はこぼ》れもなく、切れ味も鋭い。流石グルバの造った剣だ。

突き立った剣に視線を釘《くぎ》づけた少女は、周りの景色を意識から切り離したように俺を鋭く睥睨《へいげい》した。

おお、肝座ってるな。ちょっと、試してみようか。

「さ、さっきも言った通り、その剣と功績を買い取りたいの」

「なんで？」

「理由は言わないわ」

「あそ。まあいいや」

特に興味はないし、俺が今求めてるのは金だけだ。

剣を見つめる少女を値踏みしながら、剣の柄をとんとんと叩く。

「いいよ。いくらで買ってくれるの？　この剣、聞けば鍛冶神グルバの最高傑作らしいよ？」

「…………いくらで買ってほしい？」

「……なるほどね」

言い値で買うってことかな？　貴族っぽい身なりだし、金だけはある令嬢様ってとこか。

くっだらな。

「そうだな……金貨三百枚」

「……っ！」

値段を口にした瞬間、少女は瞠目《どうもく》した。

この世界での経済は硬貨で回っている。

石貨、鉄貨、銅貨、銀貨、金貨、神銀貨。この六種類。

日本円に換算すると、石貨一枚が十円、鉄貨一枚が百円、銅貨一枚が千円、銀貨一枚が一万円、金貨一枚が十万円、神銀貨一枚が百万。

つまり、俺が今少女に吹っ掛けたのは、三千万円ということだ。

鍛冶神グルバの最高傑作。街で売られている普遍的な剣は、だいたい安いもので金貨一枚か銀貨十枚。十万円からだ。

その事実とこの剣に付いている肩書を考えれば、まあ妥当だろう。

少しの間剣を見つめた少女は、煮え滾るような熱情を込めて俺を睨《にら》みつける。

そして次の瞬間、

「はぁ……」

失望したかのような大きなため息を吐いた。先ほどまであった緊張感を払拭し、あるのは見下すような視線だけだ。

「あんたもそうなのね」

「そう、ってのは？」

「金貨三百枚。多少差はあれど、みんながみんなその剣にその価値を付けるわ。……どいつもこいつもバカしかいない。……その剣に、そ、ん、な、価、値、な、い、っ、て、の」

……待て。

「まあいいわ。それで手を打つ。三百枚ね。ちょっと待って」

少女は懐から大きな革袋を取り出し、金貨の音を鳴らす。

だが、聞き捨てならない。

「なあ」

「なにかしら？」

「君は、この剣にいくらの価値を付ける？」

俺の質問に少女は鳩《はと》が豆鉄砲を喰《く》らったように動きを止めるが、逡巡の後、思案するように腕を組んだ。

「金貨五十枚」

「内訳は？」

「鍛冶神グルバの技術に金貨四十九枚とそのほかの素材。これが鍛冶神グルバの最高傑作だなんて笑わせるわ。下級悪魔《レッサーデーモン》の素材とただの鉄鉱石で打った武具にこの値段すら破格だっての。技術の神髄をつぎ込んだのはそうでしょうけど、それ以外に価値がないわ」

おい、おいおいおい、マジかこいつ。

この少女はわかっている。この剣に込めたグルバの感情。そんなものが、一切ないことに気が付いている。

いいじゃん。いいじゃんかよ。

考えを改めよう。金持ち貴族の令嬢？　違う。

この子は、そういうのじゃない。

「待ってくれよ。この剣って結構すごい物って聞いたぞ？　あれ、剣を抜けたらすごいんだろ？」

「ふん、そう言われてるみたいね。でも、私はそうは思わない。この剣を抜けるのは選ばれた強者……違うわ。この剣を抜けて、扱えるのは、命の危険に恐怖を覚えない欠陥品だけ。名誉なんてとんでもない。これは化け物の烙印《らくいん》よ」

「化け物の……ね」

「ええ。人間が使えない武器なんて、あっても意味ないわよ。少なくとも武具としては落第点もいいとこだわ。美術品としてが精々じゃない？　そんなものを最高傑作と宣《のたま》うなら、鍛冶師じゃなく美術家に名を変えるべきね。それを見抜ける人が多ければ価値すらつかない代物だと、私は考えてる。まあ、言っても無駄なのはわかってるけど」

「…………はははっ！」

何者だよ、こいつ。

大正解だ。それがわかってて欲しがるなら、きっとこの子は本物だ。

グルバの想《おも》いの在りどころ……理念は、『自分の造った武具を十全に扱われる』こと。

飾るための剣は武具じゃなくて装飾品だ。あいつが人目につくこの木に剣を刺したのは、自分と同じ思想を持った人間を探すためか……はたまた肩書きを見ることしかできない者たちへの皮肉か。

まあ少なくともここに一人、それを見抜いた少女がいるわけだが。

「いいよ。金貨五十枚で売る」

「は？　何言って…………試したの？」

「そんなんじゃないけど……この剣を譲るならそれなりの奴がいいじゃん」

「……よく、わからないのだけど」

困惑する少女に渡すために剣を地面から抜く。

「でも、この剣を譲ることはできても、功績は難しいんじゃないか？　十数人の観衆はどうする？」

「目撃者は二十人に届かない数。一人につき金貨十枚配れば……一週間は誤魔化《ごまか》せるでしょ。それ以上はどうなるかわからないけど」

「……一週間ね。目的でもあるのか？」

「言わないわよ」

「さいで」

五十枚の金貨を別の袋に詰めて渡した少女は、俺の手にある剣を掴《つか》むと、

「っ……ぐっ……きっついわね、やっぱ……振るのは無理……」

だらっと剣を引きずるように持った少女は、俺を見上げる。

「これ持って平気な顔してんの……正気じゃないわよ、あんた……」

「知ってるよ」

そうじゃなかったらヘルヘイムなんて厨二結社作らんわ。

そろそろ五分、時間だな。

「それじゃ、何やるかわからないけど、頑張ってくれ」

「……あんた、名前は？」

久々に本気でした応援に返ってくるのは、訝《いぶか》し気《げ》で懐疑的な目線だけだ。

少し考えて、多少の縁を作っておくのも悪くないかと思いながら……。

「次に会ったら教えるよ」

「……なにそれ」

ノリノリで若干厨二なやり取りをしてしまう。

なんか自然と出ちゃうな……気をつけよ。

その場から背を向けて歩くと、少しして背後で大きな歓声が上がる。

その中心にいるのは、あの少女。俺が剣を抜いたのを目撃していた何人かは首を傾げているが、少女からこそっと渡された硬貨に頬《ほお》を緩め大きく頷《うなず》いている。

そしてそれは、騒ぎを聞きつけてやってきた人々の歓声に紛れていく。

「よろしいので？」

「いやぁ、いいでしょ。お前たちと初めて会った時ぐらいビビッと来たね。最高」

「……ちっ」

「なんで舌打ちすんのニヴル」

「いえ」

「王、嬉《うれ》しそうだね！」

「ご機嫌な王も久々だの！」

「わかんないけど……原石を見た気がしてさ」

ガギウルの鈍色の少女。

ヘルヘイムに関係あったら彼女の目的を手伝ってもいいんだけど……本筋から逸《そ》れると面倒だしな。縁があればまた会うでしょ。

「とりあえず、グルバ捜さないとなぁ……」

あったまった懐と将来性抜群の少女に頬を緩めた。

それに……

『――あなたには関係ありません。私の孤独は私のもの。分かち合うものでも、同情されるものでもありません。……あなたのようなただの人間に、どうにかできるものでもありません』

似ているのだ。

話すこともできない、重い十字架を背負わされていたかつての……。

「ロリコン屍王」

「ニ、ニヴルひどくない……？」

「……ふん」

その前にニヴルのご機嫌取りしないとなぁ……。

■

ヘルヘイムの首魁《しゅかい》、『屍王』。

そう名乗る男と第五王女アーシャの邂逅《かいこう》によって、グリフィル王国は百年以上の沈黙を破り、王家に伝わる秘術に手を出した。

異世界から招来された若き少年少女。

彼らはグリフィルの俊英、勇者と呼ばれ、王国支援の下ヘルヘイム討伐の足掛かりとして行動を開始することになる。

グリフィルはその第一手として、ガギウルの大木に突き刺さった剣、鍛冶神グルバの試練へと目的を定めた。

八本足の巨大馬に引かれるのは、収容人数が三十を超える大馬車。その周りには護衛のための馬車が五台。ガタガタと音を鳴らし馬車道を行く馬車の中には、第五王女アーシャや勇者たちがその道行に思いを馳《は》せていた。


「アーシャちゃん、もうすぐ着くの？」

「ええ、車窓から見えるあの巨大樹こそ、ガギウルの大木。大陸の中央にある『神樹ユグエル』の次に著名な大樹です」

「うおー！　すげえ！　マジで異世界なんだなっ！」

「あの根元に……選ばれた者にだけ抜ける剣が……本当に物語みたいだ」

異世界の地理や名所などを聞くため、という名目で美少女であるアーシャ王女の周りで話を聞いていた男子たちが、一斉に声を上げた。

しかし男子たちだけではなく、元の世界では見られない幻想的な光景に女子たちも目を輝かせる。遠くに霞《かす》む神樹の影にも胸が躍るが、それ以上に眼前に広がる天を衝《つ》く大樹から目が離せない様子だ。

「はぁ……」

「日崎《ひざき》、どうした？　気分でも悪いのか？」

「……いえ」

召喚された時から、ワンチャンでも狙ったように引っ付いてくるあなたが邪魔……とは言えない。

「川崎《かわさき》くん！　こっち来て一緒に見ようよ！」

「すっごいよあの木！」

「い、いや……俺は……」

私をちらちらと気にしたように見る川崎くんこと川崎恭《きょう》は、女子に手を引かれながらも私の隣の席から離れようとしない。

居心地が悪い。何を勘違いしたのか離れようとしない男子と、その腕を引きながら空気を読めと言わんばかりの視線を送ってくる二人の女子。

「……どうぞ、行ってあげてください」

「……そ、そうか……一人で大丈夫？」

彼氏面きっっっつ。

内心荒れたまま頷くと、渋々川崎くんは女子たちに手を引かれて席を立つ。

非現実に浮かれるのは男子も女子も一緒。劇的な変化などはまだないものの、積極性やら大胆さなどが増した生徒たちはわかりやすく浮足立っている。

その原因の一端は、私たちに与えられた力、異能にある。

ヒョーカ・ヒザキ

使用可能魔法
【氷魔法】Lv1

異能
【銀星《ぎんせい》の寵姫《ちょうき》】
氷に覆われた環境での戦闘時、魔力、身体能力上昇。
自動回避機構、自動迎撃機構付与。

称号

【屍氷《しひょう》の王妹《おうまい》】

神によって好奇心を抱かれた者の証《あかし》。

氷魔法の成長限界突破。

一人に一つ与えられた異能に、魔法。

それらをひとしきり試した彼らは、元の世界ではなかった無根拠の自信を手に入れてしまった。

自信の有無で、人間とは大きく変わるもの。

現に、前の世界では教室の隅でただ時間が過ぎるのを待っているだけだった人間が、自ら女子生徒やアーシャ王女に話しかけに行っているのを見たことがある。今も、空《あ》いた私の隣の席を何人かの男子生徒がちらちらと無関心を装いながら見ている。

さて、どうしようかと頭を悩ませていると……、

「ヒョーカ、お隣、いいですか？」

「……アーシャ王女」

首を上品に傾げながら、金の髪を揺らす。

十二歳とは思えない気品溢《あふ》れる動作に、「どうぞ」と無愛想に返す。

嬉しそうに笑ったアーシャ王女は、ぽすっと軽い身体《からだ》を席に預けた。

「浮かない顔をしていますね」

「……はい。すぐにでも元の世界に帰りたいので」

「……それは……申し訳ありません。弁明の余地すらない我が国の落ち度でございます。ですが前にも説明した通り、目的が達せられれば元の世界に帰ることも可能ですし、時間軸も召喚された日とほぼ変わらない座標に送還可能ですので！」

「…………」

これだ。

私の手をぎゅっと握りしめながら熱弁する彼女には、使命感と罪悪感が常に同居している。

十二歳の少女がする目ではない。

そして、この召喚もそう。

私を召喚したグリフィル神聖国は、緩やかに狂っている。きっと、王家を織りなすその過程に、重大な欠陥があったのだろう。

でもそれは、私には関係のないこと。

私たちに期待にも似た何かを見出《みいだ》し、縋《すが》ることしかできない国のなんと不安定なことか。

しかもその期待は私を飾ることもなければ、なんの役にも立たない言葉の羅列。それどころか、私がその期待に応えたとしてどこまで行っても他者のためにしかならない愚行。私の目的はすでにそこにない。興味もない。

ただ、薄ら寒い目の前のアーシャ王女の独り相撲《ずもう》を見て、暇つぶしにもならない思考を繰り返す。

距離が近くなっていたアーシャ王女は、それに気付くと「も、申し訳ございませんっ」と距離を取った。

しかし、敬意を持った眼《め》で私を見続ける。

「ヒョーカ。あなたの力は絶大です。強力な他の勇者様とも一線を画してしまうほど」

きっと、クラスのみんなの異能を試した時のことを思い出しているんだろう。

私の異能を説明した時、その舞台はグリフィル樹海という凍った森林だった。

そしてその時私は、グリフィル神聖国の騎士を圧倒した。クラス全員の異能を捌《さば》きながらその効力を分析していた騎士を、にべもなく瞬殺。

その時からだ、アーシャ王女に懐かれたのは。

「氷魔法……人類にとっては失われた古代魔法なのです。使える者は、ヒョーカと……件《くだん》の屍王のみだと思います。屍王の魔法を有効活用できるヒョーカは屍王討伐の切り札なのです！　で、ですが、それがなくてもヒョーカの雄姿を見てから、他の皆様の士気も上昇いたしましたし……本当に感謝しています」

「……士気、ですか。そういうのではないと思いますけど」

「？」

屍王云々《うんぬん》について、熱が入るのはわかる。討伐すべき悪に対しての特効のようなものを持っている私に可能性も感じることだろう。

でも、私の姿を見てみんなに生まれたのは、嫉妬や意地などという勇者とはかけ離れたものだったと思う。かなり穿《うが》った見方だという自覚はあるが、当たらずとも遠からずだろう。

純粋なアーシャ王女は首を傾げるが、私は「なんでもありません」と話を打ち切る。

車窓から見える大樹は、もうすぐ目の前だ。

歓声を上げるクラスメイトたちの後ろで、アーシャ王女はもう一度私の手を握る。

「ヒョーカ。わたくしは、鍛冶神グルバの剣を抜くのはあなたなのではないかと思っているのです！王家の末子であるわたくしには不可能でしたが……あなたならば！」

自分ならば。そう言われてもピンとこない。

だがきっと、クラスメイトの誰もが思っているだろう。

その剣を抜くのは、自分だ、と。

グリフィル神聖国は、勇者たちに英雄願望を芽生えさせようとでもしているのだろうか。

しかしそれは、遠い夢として、勇者たちの前から忽然《こつぜん》と消えることになった。

「鍛冶神グルバの剣が……抜かれた!?」

鉄鋼都市ガギウル、門前。

勇んで都市へ入ろうとした勇者一行の馬車に、その一報がもたらされた。

アーシャだけでなく、護衛の騎士たちも動揺を隠せていない。

クラスメイトの面々も明らかに肩を落とした様子や、アーシャたちの動揺に面喰らった人が大半だ。

アーシャは報《しら》せを持ってきた騎士に詰め寄った。

「な、長年抜かれていなかった剣が……何故《なぜ》!? 一体誰が!?」

「お、落ち着いてください王女殿下!」

騎士は王女を落ち着かせながら、馬車全体に伝わるように説明する。

「鍛冶神グルバの剣を抜いたのは……ガギウルの領主、アイロン伯爵家のご令嬢でございます」

「は、伯爵家の……令嬢が……?」

その報に、王女だけではなく騎士もざわめきを大きくする。

「アイロン伯爵家……最近は不評が目立っていたが……」

「ああ、爵位返上の案すら上がっていたな」

「だが、アイレナ嬢の才はグリフィル王都にも届いていた。さらにこの功が加われば……」

「これは、潮目が変わったか……」

「だが、手にしたのがグリフィル貴族であるならば、我々には好都合だな」

勇者たちは置いてけぼりだ。

アーシャは騎士を静めさせ、王女としての威厳溢れる言葉を口にする。

「勇者様方、もうしばしお待ちください。上手《うま》くいけば、鍛冶神グルバの協力を得られるかもしれません！」

「鍛冶神グルバ……なんかすごそうだな！」

「その樹に刺さってた剣を造った奴だろ」

「もしかして、すげえ武器造ってくれんじゃね!?」

「専用武器とか、漫画みてえ！」

「男子ってホント子供ね」

「でもちょっとわかるかも」

「ね」

多少下がったモチベーションを上手く立て直しながら、アーシャは大樹を睥睨する。

「馬車を伯爵家へ。ヘルヘイム討伐への協力を仰ぎます」

■

「鍛冶神グルバ？　ああ、それなら郊外の小高い丘に工房持ってるって聞くぜ。そこにいんじゃねえか？」

「なるほど……ありがとうございました」

「おう、そいじゃや、情報料」

「…………はぁ」

にこやかに手を差し出す探索者の掌《てのひら》に銅貨を置くと、それを見て満足げに酒を流し込む。

これだから探索者は……。

ガートの時みたいに純粋そうな女の子でもいれば金をケチれたんだけどなぁ……。

昼間から賑《にぎ》やかなガギウル探索者ギルドを出て、街のはずれの遠くに見える鉄小屋に目を向ける。

「あー、あれか。確かにグルバの趣味だわ」

「あの翁、相変わらず人嫌いだの」

「仕方ないよ。百八十年前は呪具職人とか呼ばれてたし……街の人たちの掌返しも甚だしいだろ」

「自分たちに利益があるとみれば、鍛冶神グルバ……とはな。人とは面白い生き物なのだ」

肩のニドは尻尾《しっぽ》を不機嫌に揺らしながら皮肉たっぷりにそう言う。

ニドを撫でながら郊外を目指して歩いていると、丘へ続く道と街との間に関所のようなものが現れる。

そこには二人の門番が立っており、何者も通す気がないかのように地面に根を張っている。

「関所……か」

「門番付きとはの。あの翁にここまで厳重な警備などいらんだろうに」

囁《ささや》きながら関所に近づく。

「止まれ！」

「何者だ」

当然のように道を塞がれる。

槍《やり》の石突を地面に叩きつけると、怪しむように俺の身体に上下に視線を送る。

「あー……その、鍛冶神グルバに用があるんですが……」

「そんな通達は来ていない。許可がないものは立ち入りを禁じられている」

まあ当然だ。

その上俺の格好はボロい外套でフードを被《かぶ》っているし、怪しさしかないだろう。

さて……どうするか。

「直接会うためにはどうしたらいいですか？」

「……武具を受注する以外に方法は無い」

「ガギウル領主に正式な手続きを申請し、見合った金銭を用意することだな」

「それって……金貨五十枚で足りますかね……？」

俺がそう言うと、二人の門番は一瞬呆気《あっけ》にとられ、次の瞬間には思い切り噴き出した。

「ぶはははははっ！　金貨五十枚⁉　面白い冗談だな！」

「鍛冶神グルバの神髄を……よほどの田舎者《いなかもの》だな！」

「田舎貴族のボンボンか？」

「だとしたら勉強不足だぞ、坊ちゃん」

「……王、殺すか？」

「絶対ダメ」

殺気だったニドへ口の中で呟くほどの音量で注意すると、後方で様子を見ている二人の部下に後ろ手に「動くな」と合図を送る。

できるだけバカにされる言動は控えないと、俺じゃなくて相手が危ないなこれ。

恥ずかしそうに頭に手をやって、できるだけへりくだって聞く。

「お、お恥ずかしいですね……では、それ以外に方法は無いんですね……？」

「ああ…………まあ、正確にはあったんだがな」

「あるんですか？」

「もうなくなったよ。ほんのつい先ほどな」

「……と、言うと？」

聞くと、門番の一人が街の方に見えるガギウルの大木を指差した。

「あそこに突き刺さっていた、鍛冶神グルバの剣。それを抜いた人間なら会えたんだけどな……ついさっき抜かれたよ」

「我がガギウルの領主、アイロン伯爵のご令嬢によってな」

「……なるほど」

あの剣、そんな感じだったの……？

……ああくそ、もっと情報を集めてからにすれば良かったな……。

自分の浅慮にいささか辟易《へきえき》しながら無害そうな笑みを浮かべて、頭を下げる。

「わかりました。お手数おかけして申し訳ありません……参考までに、アイロン伯爵家ってどこにありますか？」

「ん？　それなら……大通りとガギウルの大木を直線上に見てその奥の道を真っすぐ行けばある」

「だが、領主との面会にも正規の手続きが必要になる上に、許諾されることはほぼない。特に最近はな……諦めることだ」

「そう、ですか……それでは」

その場を離れ、できるだけ人通りの少ない道を選びながら自然にニヴルとガルムを合流させる。

裏路地に入り、情報を整理する。

「……まずったな。剣も功績も渡しちゃったよ……」

「王、もしかしてミスった……？」

「ガルム、言葉を慎みなさい。王の埒外《らちがい》の出来事など起こりません。第二第三の策があります」

ないよ。

「ね？」

いやその私はわかってます、みたいな顔やめてね。

「…………ま、まあな」

ほら、こうやって見栄張っちゃう癖あるから俺。

「とりあえず……ニヴル、転移《テレポート》は？」

「先ほどの加速《アクセラレート》でかなり魔力を消費しましたので、今すぐには無理です。それがなくても、あの工房周りにはかなり強い魔防の結界が張られていますので……厳しいかと」

「だろうな……」

「門番など置いておるのだから、魔法対策もしておるだろうの」

「うーん……あっ！　はいっはいっ！」

「ん？　では、ガルムくん」

ぴょんぴょんと跳ねながら手を懸命に伸ばすガルムを指すと、ガルムは名案とばかりに自信満々に口にする。

「じゃあね！　ガルムがでっかい声で吠《ほ》えたり、王が魔法で街を氷漬けにすれば、グルバジージも気付くかも！」

「うん、却下」

「うぇ!?」

「まずそんなことしたらめっちゃ目立つし……犠牲者も多数だよ。マジで極悪集団になっちゃうよ、俺たち」

「……そ、そっかぁ……」

「まあ存在をアピールするのはいいと思うんだけど……街中で魔法ぶっ放したりすれば、悪評が立つ。穏便に済ませようとすれば……そういうのはなしだな」

「じゃ、じゃあ！」

「同じ理由で門番を気絶させるのもなし。流石にあの規模の関所なら監視体制も万全だろうからな」

「くぅん……」

肩を落とすガルムを慰めるように狼《おおかみ》耳を撫でまわしながら、一番まともな策を練り上げる。

ここまで会うのが難しいとなると面倒だけど、偽ヘルヘイムにはどうも悪魔王が関わっているような話も聞いた。となれば、グルバの協力は不可欠だ。

「それじゃ、行くとこは一つだな」

「ええ、アイロン伯爵家ですね？」

「面倒な手続きがあると言っておったが、どうするのだ？」

「言ってたろ。剣を抜いたのは伯爵家のご令嬢だって」

「あ！　あの女の子！」

思い浮かぶのは、堂々と交渉を仕掛けてきた鈍色の少女。まさか領主の娘とはな。

「あの子は俺が剣を抜いたことを知ってる。会うことができれば……便宜を図ってくれるかもしれない。そうじゃなかったら、強行突破も視野に入れないとかもな。何はともあれ、とりあえず行ってみよっか」

■

ガギウルの大木。

その虚《うろ》に、日が差した。

百八十年前から胎動を続けていたソレは、あるイレギュラーによって誕生を阻害されていた。

それが、グルバの剣だ。

偶然にも封印の楔《くさび》と化していたそれを抜いた愚か者によって、ソレは再び誕生の準備を始めた。

大木の虚は、疑似的な秘境と化し、悪魔の誕生を迎える。中身のソレは目を開き、時間を掛けて身体を生成していく。

上級悪魔《グレーターデーモン》……階級、——。

確かな理性と指令により……ソレはもうすぐ、芽吹くだろう。

■

「……これはこれは……アイレナ嬢」

「どうかしら。御覧の通り、グルバの剣を抜いてきましたわ」

「……ふむ」

アイレナ・ウィル・アイロン伯爵令嬢。

彼女が伯爵家に持ち帰ったその剣は、正しくガギウルの大木に突き刺さっていた代物。

文句のつけようもない成果に、アイレナの眼前で蓄えた髭《ひげ》を撫でつける男が不遜に唸る。

男はゲーテル侯爵家当主、ヒゲイガイ・ハ・ゲーテル。

壮年の身を豪奢《ごうしゃ》な身なりで包んだザ・貴族の風貌を惜しげもなく晒す、ガギウルに隣接する土地、レベト領の領主である。

「……約束通り、爵位返還や領主権剝奪《はくだつ》の件、王への具申は待っていただきます」

「……いやはや、ですが」

「へえ、曲がりなりにも貴族同士の約束を反故《ほご》にするおつもりですか？　この契約書を持って王都にでも行かせていただきましょうか」

「…………ふぅ」

アイレナの手には、彼と彼女との間で成された契約書。

それは、ほんの雀《すずめ》の涙ほどの温情だ。内容は、グルバの剣を抜いた場合、具申までの期限延長。

彼が足繁《あししげ》くガギウルに足を運ぶのは、偏《ひとえ》にこのガギウル周辺の領主権獲得のため。

ここ最近のアイロン伯爵家は政策や領内の不作を取り沙汰されていた経緯もあって、侯爵はそれらの交渉のためにここ数日はしつこいほどにガギウルを訪れていた。

「…………早まりましたかね。まさか、あの剣を抜く者がいるとは」

「約束は約束です。一週間待っていただきます。その間に、徴税の見直しや領内の不作について改善案を打診させてもらいます。…………お父様のことも」

「ええ、ええ。いいでしょう。今更、焼け石に水でしょうからな」

「っ……」

「せめてあなたの持って生まれた才能──『異能』がこの状況を打破できるものであればまた違っ

た対応もあったのかもしれませんが……いやはや、運命とはこうも残酷なのですね」

拳を強く握るアイレナは、しかし反論はせずに立ち上がったゲーテル侯爵を見送る。

「お父様譲りの無能です。あなたが責を背負う必要もありません」

すれ違いざまにアイレナに寄越《よこ》されるゲーテルの視線は、下卑た欲望に塗《まみ》れていた。

「美しくなられましたなぁ、アイレナ嬢。もちろん、内外共に」

「……お褒め頂き光栄ですわ」

「一週間後が楽しみですね」

だらしない身体を引きずって部屋を去る侯爵に使用人に同行するよう指示をしたアイレナは、側に立っていた侍女に声をかける。

「……お父様は？」

「相変わらず、執務室に籠もりきりで……」

「また独り言かしら」

「はい」

「そう……ったく、あのロリコンじじいと同じくらい、お父様も厄介だわ」

「お嬢様、お口が」

「わかってるわよ。ごめんなさい」

会話を切り上げて部屋を出たアイレナは、執務室までの道のりを時間を掛けて歩く。持っているだけで気が遠くなるグルバの剣を引きずりながら歩くため、綺麗《きれい》な絨毯《じゅうたん》が台無しだ。

そしてその足が執務室の前に達した時、

「…………大木が、そう言ってたんだ。そうさ、そうに違いない。大丈夫、大丈夫だ……大丈夫。ああ、そうだろう？」

そんな声が、部屋の中から籠もった音で伝わってくる。

「……お父様」

「あああああ、もうすぐだ。もうすぐだよ……もう……」

「……はぁ」

会話もできないほどに錯乱した父親の声に、諦観の息を漏らす。

医者に診せても打つ手なし、原因すら不明。お手上げだ。この錯乱した様子と比例するかのように、搾取まがいの政策の立案などを始めとした父の愚行は留《とど》まるところを知らない。

部屋を出て執務を果たす時は正常を装っているが、プログラミングでもされた機械のように決まった動作しかできない。

それを終えて部屋に戻れば、またこうなってしまう。

アイロン伯爵がこうなってしまったのは、もう半年も前。ちょうどヘルヘイムという名が世界に広まりだしたころだった。

そこに因果関係を感じることはないが、凶報というのは得てして立て続けに来るものだと、アイレナは実感していた。

父の錯乱に呼応するかのような、領内での不作。

まるで何かに養分を吸い取られるかのように、それらは今もなお起こり続けている。

こんな土地、今すぐにでも手放してしまいたい。

だがそれは、鍛冶神グルバが存在するガギウル領主という功績で伯爵にまで上り詰めた当家の失墜と同義。

爵位返還と領主権剝奪。それらは、破滅を意味していた。

「……私が、なんとかしないと」

原因の追及と解明。

十四歳のアイレナの双肩に、あまりにも重い責務が圧《の》し掛かっていた。

「この剣、どうしようかしら……」

踵を返しながら、剣の重さと今置かれた状況が彼女を追い詰める。

しかし、幼き日に死別した母親の肖像画の前を通り過ぎる時だけは、彼女は毅然《きぜん》と振る舞う。

「何とかしてみせます、お母様。心配ありませんから」

不格好に剣を引きずりながら、やっとの思いで着いた自室の扉を開ける。

暗い室内に、音もない。まるで彼女の心情を表したような室内は、さらに心に暗い影を落とす。

「…………一週間」

あまりにも短い期限。

政策案などはまだやりようはあるが、不作についてはどうしようもない。原因の一端すら摑めない現状は、一条の光を見出すことも許さない。

できなければ、自らのすべてはゲーテル侯爵の手に落ちる。

領主権などその口実でしかないことをアイレナはわかっていた。こんな土地を欲しがる貴族など、他にいないのだから。

伯爵家の存続。伯爵令嬢であるアイレナにとって義務のようなそれは、もうどうしようもないほどに遠くに落ちてしまった。

「お父様……お母様っ……」

ガンッ、と音を立てて乱雑に地面に転がったグルバの剣は、無機質に床を傷つける。

床にへたり込んだアイレナは重責に全身を苛《さいな》まれ、声を押し殺す。

無駄な足掻《あが》きだとわかっている。もう、詰んでしまっていることも。

「…………っ……っ」

双眸《そうぼう》から流れる涙は止まることなく、十四歳の少女が流すにはあまりにも重く、頰を濡《ぬ》らす。

もう、諦めて逃げてしまえれば。

「……ダメに……決まってんでしょうがっ！」

無様に足掻いてでも、アイロン伯爵令嬢として。

それが、自分に与えられた運命なのだから。

痛々しく傷つけられた少女の心は、継《つ》ぎ接《は》ぎだらけで綻び続ける。

誰でもなく、少女の手によって。

「死ぬなら……アイロン伯爵の子として……死になさいよ、この役立たず……っ」

止まらない嗚咽《おえつ》に蹲《つくば》った。

そして、光明すら見えないまま再び立ち上がろうと――


「なに泣いてんの？　困ってるなら手伝おうか？」


「……え？」

部屋には誰もいないはずだった。

だが、泣きはらした彼女の双眸に映ったのは、あの時の灰色のフード。

グルバの剣を抜いた、あの男だった。

「つ!?」

バッ！　と立ち上がり距離を取ったアイレナは、目前の人物を凝視する。

軽い口調と手振りで続ける男は、アイレナの悲壮な心情など知らないようだ。

「いや俺もさ、こんなに早く会うとは思わなくて恥ずかしい限りなんだけど……ちょっと君に用があって」

「あ、あんた！　どっから入ってきたの!?　ひ、人呼ぶわよ！」

「ちょ、待って待って！　ホントに用があるだけ！　なんもしないから！」

「もうしてんのよ！　不法侵入！」

「ああ、うん。いやごもっとも……でもさ」

男は床に落ちた剣を指差して、フードの影から見える口元を笑みに歪《ゆが》めた。

「それ。鍛冶神グルバに会うために必要だったんでしょ？　それを知らなくて渡しちゃったからさ……だから、君に便宜を図ってほしくて」

彼は頭に手をやり、照れたように申し出る。

意図を汲《く》んだアイレナは、やはりとばかりに頭を振った。

「鍛冶神グルバに…………要は、口止め料の追加をご所望ってわけね……言われたくなかったら鍛冶神に会わせろってことか」

当然といえば当然だ。

弱みを握った貴族から搾れるなら、搾り尽くすのが人間という生き物だ。

アイレナには時間がない。こんなことに時間を費やしている場合でもない。

早急に片付けるため、「わかったわ」と口を開こうとしたその時。

「——違うよ、違う。その交渉は金貨五十枚で成立したじゃんか。だからこれは、別件ね」

「べっ……けん……？」

「うん、別件。有望な子から恨みとか買いたくないし」

フードを取って顔を晒した男は、やけに整ったその顔に自信を覗かせる。

「泣いてたんだから、なんか困ってるんでしょ？　だったら、それでいこう。そうすれば貸し借りなしだ」

「な、何言って……」

「ギブアンドテイクだ。君が便宜を図ってくれるなら、俺も君に力を貸そう……俺ってか、〝俺たち〟だけど。それなら公平だろ？」

公平性を口にする男は、アイレナの前で膝を突き、見上げるようにアイレナに告げる。

「君が泣いてる原因を解決する。そのために、俺を使えばいい。こう見えても俺、結構使えるよ？」

■

「つ、使う？　あんたを……？」

「そう。その代わり、俺の用事も手伝ってもらうけどな」

困惑する少女は視線を彷徨《さまよ》わせ怪訝《けげん》そうに目を細めて俺を見る。

ここで俺がしなきゃいけないのは、俺の有用性のアピールだ。この交渉で決定権があるのは俺ではなく少女。

「鍛冶神グルバっているだろ？」

「え、ええ……いるけど……」

「そいつ俺の元部下なんだけどさ。グルバに会い――」

「まっ、まま、待ちなさいっ！　何言ってんのよあんた!?」

目を見開いて大声を出す少女は警戒を忘れたように俺に詰め寄る。

彼女の反応が、グルバの現在の地位を表しているようで何故か俺の鼻が高くなってしまいそうだ。

昔は己の道を行くがあまりあんなに疎まれてたのに、他の人間のために武具を造れるようになったってことだからな。偏屈爺《じじい》も丸くなるもんだ。

「か、鍛冶神グルバが……部下!?　ふ、ふざけんじゃないわよっ、そんなこと誰が……っ」

そこまで言って、彼女は床に落ちた例の剣と俺を交互に見た。

言葉に詰まりながらも、否定ではなく理解しようと頭を回しているのがわかる。やっぱり柔軟な子だな。そこらの奴とは訳が違う。

「その剣を持ってる人ってさ、グルバに会えるんでしょ？　だからさ――」

■

「アイレナ様！　鍛冶神の剣を手にした武勇、ご拝聴したしました！」

「グルバ様もお待ちでしょう。どうぞ中へ」

「……ええ、ありがとう」

関所の門番が敬礼と共にアイレナに尊敬の念が籠もった視線を送り、その剣にも崇拝に近い眼差《まなざ》しを向ける。

強がりながら急造の鞘《さや》に刀身を隠した剣を携えたアイレナは、堂々と関所を通り抜けた。

小高い丘を緩やかな坂道に沿って登っていく。自然豊かで文明を嫌うかのような立地に、その先にいる人間の気質を感じて思わず身構えてしまう。

だが、あの男が言っていたことが嘘かどうか、会ってみないことにはわからない。

(まあ、私が抜いたわけじゃないことなんてすぐばれるでしょうけどね……)

アイレナが功績を得てもグルバに会いに行かなかったのは、この懸念があったからだ。

だとしても、本当に剣を抜いた男からの頼みであることを伝えれば、話くらいは聞いてもらえるかもしれない。

グルバの神髄。貴族どころか国も欲しがる恩恵だろう。

目前に迫った鉄小屋に、微《かす》かな熱を感じる。


カンッ！　カンッ！


鉄を打つ音が響く小屋の扉に手をかけると、確かな重みと抵抗。一息にそれを開けば、生活感のない部屋の中央に台座のようなものの上で青白い光石が宙に浮きながら回転している。他には奥に続く扉。その扉が工房に続いているのだろう。

「し、失礼するわ……！」

奥の工房にも聞こえるように声を発したつもりだったが、震えた声が部屋の中に落ちるのみ。

喉を鳴らして足を向けるのは、工房に続くであろう扉。

コン……。

一度扉を叩く。極度の緊張のせいかノックの音は案外小さく、そこまで音は大きく響かない。

委縮している自分を叱咤《しった》しながら、もう一度大きく叩こうとした時。

鉄を打つ音が、止まった。

「誰だ」

嗄《しゃが》れ声《ごえ》の一言で、心臓を掴まれたような錯覚に陥る。

引《ひ》き攣《つ》った喉が声を出す前に、アイレナを押しのけるように開かれた扉から姿を現したのは、大柄な白髪の男。見上げるほどの体軀《たいく》に、炉の近くで作業をしていたにもかかわらず汗一つかいていない壮健。

王匠が一人、鍛冶神グルバ。老翁とは名ばかりの大男だ。

「…………嬢、何用だ」

「あ……あの……」

アイレナが声を絞り出そうとすると、グルバはその腰の剣を目に留め、相貌を固くする。

身なりを見回し、竦《すく》むアイレナを見下ろした。

「……その剣、ワシが大木に突き刺したモノか。嬢が抜いたか？」

「……っ……ぅ」

言葉だけで感じる重圧に、涙すらこみ上げる。

視線を外せないまま、アイレナは縫い付けられたように開かなかった口を強引に開ける。

「わ、わたし………じゃ、あり……ません……っ」

「去ね。金で買った功績を携える愚か者に、渡す物など何もない」

初めからアイレナが抜いたものではないとわかっていたグルバは、興味を失《な》くしたように小屋の扉を指した。

「即刻だ、去ね。おぬしに金で剣を渡した者にも、機会を逃したと伝えておけ。話は終わりだ」

拒絶だ。熱を失くした瞳は冷めきって輝かない。

微かに残っていた瞬《まばた》きのような希望は、アイレナが剣を携えた時点で潰《つい》えた。

アイレナは背を向け工房に戻ろうとするグルバに、焦燥に駆られ声をかける。

「あっ、まっ……って」

振り返ることもないグルバが扉を閉め切ろうとしたその時、アイレナは全身全霊で叫ぶ。

「しっ……屍王ッ!!」

「――――」

止まる。

当然鼓膜を揺らしたであろう扉が閉まる音は、寸前で止められていた。

光景の意味を理解することなく、一度吐き出された言葉が堰《せき》を切ったようにアイレナの口から洪水のように溢れ出す。

ここで止まったら、また呑《の》まれてしまう。

「あ、あのっ……この剣を抜いた人が、そ、そう言えばわかるってっ……それで、わ、わ、たしそのっ」

「愚か者が」

「ひっ……」

殺気。

グルバがアイレナに向けるのは、見るだけで人を殺せてしまいそうな質量を伴った眼光。

「その名を騙《かた》るか……組織の名を扱うのはどうとでもするがいい。だが……若の名を穢《けが》すことだけは、看過せんぞ。悪魔どもが、根絶やしにしてくれようか」

「っ……っ……」

怯《ひる》んで腰を抜かしたアイレナを見下し、グルバが大鎚《おおづち》を担ぐ。

「その愚か者を呼べ。炉にくべてやる」

アイレナはその言葉に、身体を揺らす。

彼が言った通りだ。

この名を出せば、話を聞いてくれるかもしれない、と。

そしてそうなった時、間を置かずこう言えと。

「てっ、転移《テレポート》が……できない……って、そのっ」

「転移《テレポート》……はっ、真似事《まねごと》か。いいだろう」

そう呟いたグルバは、部屋の中央の台座に載っている光石へ鎚《つち》を振り下ろした。

瞬間、煌々《こうこう》と光を放っていた石が粉々に砕け散り、甲高い音を反響させ台座ごと塵《ちり》と化して部屋を舞う。

「嬢、死にたくなければ下がっていろ。加減などできんからな」

青筋を立てたグルバはぶっきらぼうに一声かけると、出入り口に双眸を釘づける。

部屋の外から微かな音が部屋に届くと、地を踏む音が徐々に近づく。

グルバは鎚の柄を強く握ると、怒気一面の表情で鎚を振りかぶる。

そして、扉が開かれた。

「ぬぅぅぅぅううううぁぁぁぁああああっ!!」

直後、怒号と共に振るわれた鎚。

周囲にいるだけで風圧を感じる鎚はアイレナの頭上を通り過ぎ、扉に叩きつけられ――

「…………ッ!!」

部屋中を風圧で散らかしながら、風が轟音《ごうおん》を鳴らしながら。

止まっていた。現れた人影に当たることなく、その眼前で微動だにせず止まっていた。

「お……あ……」

グルバの口から、鍛冶神の名に似合わない呆然《ぼうぜん》とした声が漏れる。

ゴンッ!! するっと手から抜け落ちた鎚。グルバの目には、鎚で隠れていた人影の顔がはっきりと見えた。

軽薄な薄ら笑いの男は、懐かしそうに口の端を釣り上げた。

「老けたな、グルバ。なーに死にそうな面してんだよ……半分ぐらい俺が悪いけどさ。……そんなにつまんねえなら、つべこべ言わず付いてこい。面白いことするつもりなんだ、退屈なんてさせねえよ」


随分前と変わらないその様子に、何故だか涙がこみ上げる。

しかしその言葉に、嘘などあろうはずもない。

きっと死にそうな顔をしていたのだろう。つまらなそうだったのだろう。

だがその後に続く言葉に、歯を食いしばる。

夢でも妄想でもなく、帰ってきたのだ。

「わ、若ぁ…………っ」

「お前の力が必要だ。また一緒に馬鹿やろうぜ」

■

「がはははははっ!! いや、怖がらせたようですまんな嬢!」

「い、いえっ……御憂慮痛み入ります……が……」

少女は好々爺然《こうこうや》と歯を見せるグルバに戸惑いを隠せないようで、視線を右往左往するように泳がせる。

説明を終えた途端、グルバの棘のような雰囲気は鳴りを潜め、怯《おび》えさせないようにか鎚も手放し壁に立て掛けてある。

まあ少女が戸惑うのは、何もグルバの様子だけではないだろう。

「まったく！　貴様が変わらず頑固なおかげで紆余曲折《うよきょくせつ》あったのだ！」

「ニドはただ王の肩に乗ってただけじゃん」

「よく労を負ったような口を叩けますね……」

「揃《そろ》い踏《ぶ》みで文句とは、これもまた懐古の一幕だのう！」

「なに嬉しそうにしてんのだ！」

各々自由に言い合うこいつらに対する困惑も大きいだろう。

少女は彼らのやり取りから視線を外して俺に窺うような目を向けた。

「あ、あの……この人たちって……」

「全員部下だよ。悪魔族と天使族のハーフ。呪狼《じゅろう》の子。邪竜《じゃりゅう》ニーズヘッグときて、鍛冶神グルバ様。すごいだろ？」

「びっ………に、にーず、へっぐっ!?」

「んお？　なんだ娘、我のこと知っとんの？」

「っ!?」

ニドが少女に振り返ると、彼女は身体を跳ねさせて俺の陰に隠れる。

そういえば帝国の守護竜とか呼ばれてたし、結構有名なんだよな、ニド。うちの戦闘員兼マスコットからよくここまで出世したものだ。

何はともあれ、俺の目標はこれで達成。

あとは少女の……。

「そうだ、名前聞いてなかった。なんて言うの？」

「わっ、私……です、か？」

「なんで敬語？　俺のことなら気にしなくていいよ、すごいのはこいつらであって俺じゃないから。身分的にも当然俺の方が低いしさ…………ん？　あれ、今更だけど敬語使いましょうか……？」

「な、なに急に弱気になってるのよ！　もういいわよ、そんなの…………私はアイレナ・ウィル・アイロン。アイロン伯爵家の一人娘よ」

「アイレナ……じゃあアイちゃんかレナちゃん……レナちゃんの方がかわいいな。レナちゃんで」

「れ、れなちゃん!?」

親しみやすいあだ名に大きく反応するレナちゃん。気に入ったのかな？

その反応に気を良くした俺は、注目を集めるため大きく鳴らすように手を打った。

「はい注目！　旧知を温めるのも大事だけど、これからレナちゃんのこと助ける約束してるんだ。いつも通り俺のわがままに付き合ってくれ」

「ほう、久方ぶり、若からの無理難題か……腕が鳴るわい」

「お任せください。レナちゃん様の伯爵家が抱える問題について、心当たりがございます。我らの現戦力があれば、解決できるかと」

「おお！　流石ニヴル！」

「あっ、王っ王っ！　ガルムも頑張る！」

「無論、我もいる！　娘よ、案ずることなどなく明日を笑うがよい！」

俺の言葉に好き勝手に返す部下たち。

文面だけ切り取ればなんとも心配になってしまいそうな言葉たちだが、それを言う奴らが奴らだ。

「……っ」

レナちゃんが今どんな感情を抱いているのかはわからない。

でも、強張《こわば》った表情と、少し赤くなった頬。潤んだ瞳で部下たちを見つめる様子は、悪感情からはるか遠くにあるように感じる。

「交渉に応じてくれた分、きっちり働く。信頼には信頼で返すよ」

「…………あんた、何者なの……？」

涙で赤らんだ瞳で、レナちゃんは期待を込めた眼差しで俺を見上げる。

一拍おいて、考える。

悪名高き、ヘルヘイム。

うん、面白い。

「我が名は屍王。影に潜む者たち、『ヘルヘイム』の首魁だ。…………なんてね」

「へる……へいむ……」

呆然と呟く彼女に、詳しくは説明しない。

そんなことしなくてもすでに理解の材料を模索しようとしているレナちゃんの瞳に、やっぱり『当たり』だと歓喜が身を包む。

悪名を覆す、名声。

それこそ、今ヘルヘイムを騙る者たちにとって最も邪魔なものだろう。

これはそのための足掛かり。

俺の言葉に嬉しそうに頷くニヴルとか、飛び跳ねるガルムとか、何故かドヤ顔するニドとか、肩を震わせて笑うグルバとか。

みんなにとっての居場所を作るためにも、必要なことだろう。

やっぱり口にするのは恥ずかしいけど……今回は腹、括《くく》るか。

顔に集まる血を無視しながら、それっぽくフードを被る。

「不妄」

「ガギウル領周囲の魔力が件の大木に収束しています。ヴェヒノス鉱山付近の秘境から悪魔による何らかの工作を受けている可能性……不作の原因は恐らくそれでしょう」

「そういえば、王が捨てた木って悪魔の神木だったよね？」

「そうだったけど……当時あれを崇拝してた上級悪魔《グレーターデーモン》が死滅した時、その中に存在してた魔力は発散されたはずだよ。その確認が取れたから適当に埋めたわけだし……」

「……今になってその本性を現すとは思えんしのう……媒介とも考えられる」

「とりあえず、あの木ぶっ壊してみるのだ！」

「気が急《せ》きすぎだけど……調べてみる必要はあるかもね」

「はい。屍王があの木を埋めた時、あの木の性質は吸収ではなく発散でした。その木に内包する魔力をガギウル周辺の土壌などに分譲していることを確認していました。ですが現在、あの木は分譲するはずの魔力をその虚に留め、あまつさえ周辺一帯の魔力を吸い上げている」

「それでは育つもんも育たんし、取れるもんも取れん。鉄鋼業が盛んな街だからまだ何とかなっているが……他の街であったら飢饉《ききん》まっしぐらであっただろうな」

グルバが言うと、全員が頷く。

「虚に集まる魔力……もしかしたら、あの木の虚は疑似的な秘境の役割になっているのかもしれません。つまり」

「悪魔の育ちやすい環境ってわけか」

ニヴルの言葉を引き継げば、彼女はまさにと首肯する。

何者かがガギウルの大木に細工をしたとするなら、あの虚の中には想像したくないナニカが息づいている可能性が十二分にある。

「やっぱ早急に調査しないと……ことと次第によってはニドの脳筋作戦に頼ることになるかもしれないな」

「おっ！　ぶっ壊すのか!?」

「駄竜、決して先走らないように」

「なら、早速調査を始めよー！」

全会一致でガギウルの大木の調査を決めると、傍《はた》で話を聞いていたレナちゃんが長く息を吐きながら力なく笑った。

「どうしたの？」

「いえ……自分の無能が嫌になって……」

レナちゃんは、腰に携えた剣と部下たちを交互に見た。

「あんなに息巻いて家を救うために奔走していた私にできることなんてなくて、今日会ったばかりのあなたたちはその目処《めど》を簡単に見つけて……私はそれを見てるだけ。伯爵家の娘が聞いて呆《あき》れるわ」

自嘲と自虐が癖のように当たり前に己を罵る。

その行為が、どれだけ自分を貶《おとし》めることになるのか、レナちゃんはわかっていない。

多分、勘違いしてんだろうな。

「レナちゃん、俺ってさ。正義の味方じゃないんだよ」

「……え？」

「逆にさ、めっちゃ薄情なんだよ。この件を知ってたとしても、レナちゃんの協力がいらなかったら知らないふりして街を出てたよ。だって、究極俺には関係ないからさ。でも、君が頑張ったから、今ここに俺がいるんだよ」

彼女は息を呑む。

「自分じゃ抜けないのもわかってた。その剣がどんなものかも知ってた。それでも、家のためにその剣を手に入れようとしたんだろ？　そして、その努力が巡り巡って、俺を見つけたんだ。これが君の成果じゃなくて、なんなんだよ」

「……っ！」

「断言できる。君の努力は、最高の成果を得た。その自信が、俺にはある」

かつて俺たちは世界を救った。

多くの犠牲を払って得たその成果を、自分で卑下することなんてしない。できない。

レナちゃんの頬を両手で無理やり笑顔に変えながら、涙を拭う。

「今から少しの間、君は最強最悪《ヘルヘイム》の協力者だ。存分に使え。望む結果をもたらすことを、約束する」

「…………ほんと、バカみたい……」

「うっ……やっぱりっ？　ちょっとダサいかな⁉　あ、待って待って、きっついこれ……」

「ふふっ……違うわよ……バカみたいにカッコいいわ、あんた」

涙を止めたレナちゃんの瞳は、今までになく輝いている。

手を離して部下たちに向き直る。

レナちゃんと同じように期待を込めた目で、俺の言葉を待っている面々。

こいつらめっちゃ俺のこと好きじゃん……俺もだけどさ。

今回だけ、今回だけ。そう言い聞かせながら、口を開く。

「ヘルヘイム、作戦開始だ」

『はっ』

THE RETURN OF THE CORPSE KING

I, a former hero, have been summoned back to Isekai to stop the CHUUNI secret society organized by me.

四章　鈍色の覇鎧

I, a former hero, have been summoned back to

Isekai to stop the CHUUNI

アイレナが家を空けて間もなく、地を鳴らして駆ける馬車の一群がアイロン伯爵家に到着した。

グリフィル神聖国第五王女を筆頭にした一団は、神聖国の紋を掲げ、伯爵家の門を潜《くぐ》る。

現代日本では見ることのない西洋屋敷に目を輝かせる面々を連れて、アーシャは門番が開けた屋敷の扉を通り抜けた。

「グリフィル王女殿下、遠路遥々《はるばる》当家までお越しいただき感謝申し上げます」

彼女たちを出迎えるのは、アイロン伯爵家の筆頭使用人。

礼に徹する立ち振る舞いに目を奪われる勇者たちとは対照的に、アーシャは慣れた様子でその礼を受ける。

「こちらこそ、領内の不振を支えるため尽力いただき、国領を預かる身として感謝の意に堪えませんわ」

社交辞令のやり取りを終えると、早速というようにアーシャは切り出した。

「今回アイロン家へ足を運んだのは他でもありません。ガギウルに名高い鍛冶《かじ》神グルバの試しの剣を御家のご令嬢が抜いたとの報を聞き、訪問させていただいた次第です」

かしこまったアーシャの姿に、勇者たちは面食らいながら話の成り行きを見守る。

自分たちの前では十二歳相応の姿を見せることもある少女の負った責務を目の当たりにしていると、アイロン家の使用人は「なるほど」と頷《うなず》き返した。

「王女殿下には大変な失礼になってしまいますが、お嬢様は現在、不在にございます。あまり長くはならないと仰せつかっておりますが、面会をご希望でしたら少々のお時間を取らせてしまうことになります」

「不在……ですか。間が悪いですね」

「面目ございません」

頭を下げた使用人は、アーシャの後ろで手持無沙汰な勇者たちを一瞥《いちべつ》した。

その視線に応えるように、アーシャが彼らを手で指す。

「こちら、グリフィル神聖国の秘術により、ヘルヘイム討伐を掲げ尽力してくださっている異界からの勇者様たちです」

「……ほう、異界からの勇者様」

目を細めた使用人は、すぐさま侍女たちに指示を出し、忙《せわ》しなく行動を開始する。慌ただしくなった館に動揺する勇者たちだが、使用人は優し気に微笑《ほほえ》んだ。

「いえ、礼を失していました。わけあって本日、当主の対応が難しくなっています故、代わって私共がささやかなご歓待を用意させていただきます」

「あら」

予想外の言葉に驚くアーシャ。

勇者たちはその言葉に喜色一色に染まる。

「歓待!?」

「ゆ、勇者ってやっぱすげえんだな！」

「異世界の歓待とか、めっちゃアガるっ！」

数人の生徒以外浮き立った様子でざわめきが伝播《でんぱ》する。

「……騒ぎすぎだろ」

「は？　沢村《さわむら》、異世界に来てからも空気読めな……」

「一言で空気壊せるの才能でしょ、逆に」

「陽キャと一緒に騒ぐことが空気を読むってことなら、俺は空気読めなくて結構だ」

「うわだっさ。陽キャとか気にしてんのってホンモノだけだわ」

「……ちっ」

使用人たちの案内に従って移動を始める面々。ギスギスと嫌な空気が流れる一角に、日崎氷華《ひざきひょうか》もため息を吐《つ》く。

賑《にぎ》やかな生徒を見ながら、沢村は氷華に近づいた。

「あいつら……自分が頭悪いことに気付いてないんだろうな。騒ぐことだけしか能がないのか。なあ日崎」

「……私、ですか」

「ああ。お前はあいつらと違って頭は悪くないだろ？」

「はあ……」

自分に向けられる視線に気付かないまま、沢村は続ける。

「この世界では、もう前のヒエラルキーは関係ない。学内カーストも無に帰した。異能が物を言う世界だ。そうだろ？」

「……そう、ですね」

「日崎も俺も、強力な力を手に入れた。だから」

続く言葉が口から溢《こぼ》れる……その時だった。

「あぁ……よんじゅう、ろく…………四十、六……」

「え？」

扉の目の前の中央階段。

ロビーの注目を一気に浴びるその踊り場に、その姿はあった。

幽鬼のような足取りで、一歩間違えば階段を転げ落ちてしまうほどふらついている。

だが、確実に、意思を持ってそこにいた。

「だ、旦那様……！」

アイロン家当主、メタル・ウィル・アイロン。

正気を保つことができなくなって久しい彼が、不眠者のように目を虚《うつ》ろに窪《くぼ》ませ、勇者たちの前に降り立った。

「……んす……」

足取りだけではない。

ブツブツと呟《つぶや》きながら、だらしないほど長い髪にその双眸《そうぼう》を隠しながら。明らかに、人間の尋常な姿ではない。

異様な雰囲気に誰もが足を止め、呼吸を忘れる。

「だ、旦那様……お身体《からだ》は……っ」

心配そうに窺《うかが》う使用人も気にせず、彼が向かうのは。

「……あ……あぁ」

「お、俺……ですか……？」

移動が遅れていた沢村だ。

手を伸ばし。

「えっと……」

首にかけ――――


「ホホホホホホ。成就セリ」


「あぇ……ッ」

その首を手折った。

その光景に、声は出ない。代わりに、館の外からの爆音。

その音と共に――当主は、幽鬼のような顔のまま、口を開いた。

「四十六番目、『ビフロンス』。コレヨリ、冒瀆《ぼうとく》ヲ開始スル」

■

風圧を伴って都市を駆ける爆音に、俺たちは一斉にガギウルの大木に目を向けた。

「な、なにっ⁉」

「まっずい、ちょっと気付くのが遅かったみたいだ」

取り乱すレナちゃんの視線を受けながら、タイミングの悪さに舌を打つ。

これから調査を行おうというタイミングで、どうやら元凶が目を覚ましてしまったようだ。

よく言えば調査の手間が省ける。だが、人的被害を考えれば最悪と言っていい。

悠長にしてる暇はない。

しかし俺の脳裏には、この状況を逆手に取る策がいくつも浮かび始めていた。

「レナちゃん。君、異能は？」

「え、きゅ、急に」

「いいから、戦闘系？　生成系？」

レナちゃんは言《い》い辛《づら》そうに唇を噛《か》みながら「……戦闘系……だけど……」と歯切れ悪く言う。

……様子から察するに、あまり強力な異能じゃないのか？

もしレナちゃんの持つ異能がこの状況を打破する力を持っているなら、調査なんてまどろっこしいことを端折《はしょ》ってしまえるんだけど……。

「ちなみに、どんな異能か聞いてもいい？」

「…………――――――――」

そして彼女は語り出す。あまりにも実用性に欠けていて――俺の考えている策にこれ以上ないほど合致しているその異能の存在を。

「こんな異能じゃ、一人でできることなんてない……役には」

「よし！　ニヴル、ガルム、ニド、グルバ。みんなは街を頼む。俺は、大木を見に行ってくるよ。んじゃ、行こっかレナちゃん」

「へ？」

きょとんとするレナちゃんを小脇に抱えると、彼女は一瞬の間の後、足をばたつかせる。

「ちょっ、何してんの!?」

「屍王《しおう》、終わり次第そちらに向かいます」

「うん、待ってるよ。よーしレナちゃん！　領内の不作やらなにやらの根源を断ちに行こう。君が、この街を救うんだよ」

「は……――はぁ!?」

■

四十六番目の上級悪魔《グレーターデーモン》、『ビフロンス』。

『墓場の首領』の異名を持つこの個体の能力は、『死亡した生物を支配下に置くこと』。

この能力に例外はなく、ありとあらゆる存在が能力の対象だ。

偶発的か、意図的か。何者かによって大木の虚《うろ》に閉じ込められ、数十年。

ビフロンスは、ガギウルの大木の虚で自我を取り戻してから、回復に努めた。かつて支配下に収めたはずのガギウルに、返り咲くために。

そのために、大木の虚と繋《つな》がっていた剣に触れた者の中で、もっともこの街で力のあるものに魔力を注ぎ込み、一時的な傀儡《かいらい》とした。

それが、メタル・ウィル・アイロン。

すべては本体が虚から這い出る《はいでる》、その時のため。

忌々《いまいま》しい。忌々しくも悪魔王の覇道に石を置いた、憎き灰の衣ども。

その先頭で、悪魔王の前で不遜に『屍の王《しかばね》』を名乗りし悪逆。

「忘レハ、センゾ」

その昔、悪魔の拠点であったガギウルを蹂躙《じゅうりん》し、多くの同族を屠《ほふ》った集団。

「……ヘル、ヘイム。ホホホ、復讐《ふくしゅう》ノ序曲トシテ、再ビコノ街ヲ我ガ手中ニ収メヨウ」

産まれ出でる。

大木に刻まれたグルバの剣の跡が、紫紺の光を漏らす。勇者として呼ばれた若者の魔力を奪った分体が、本体に魔力を送り込んだのだ。

機は、熟した。

溢《あふ》れ出るソレはガギウルの住民の目を奪い、眩《くら》ませ、見開かせる。

「――上級悪魔《グレーターデーモン》……伯爵《アール》、ビフロンス。我ガ手中ニ墜《お》チロ、ガギウル」

大木から溢れ堕《お》ちたのは、異形の生物。

特定の形はなく、液状にも見え、気体のようにも見える不定形。ドロドロと蠢《うごめ》き、ジュクジュクと沸き立ちながら理性的な声を響かせる違和感。

「ひっ……」

随分と長く沈黙が漂っていた大木の周りで、一人の女性の喉が引き攣《ひっ》った。たまらず漏れた声に、周囲が時間を取り戻す。

『うわあああああああああああああっ!!』

悲鳴の合唱と、その場から離れようとする住民の洪水が、街の門へとなだれ込む。

ソレを直接目撃しなかった者たちも、叫びながら逃げ出した者たちに釣られて流れに乗るように走り出した。

恐怖は伝染する。だが、地を鳴らす住民の足音にも、聴覚を刺激する阿鼻叫喚《あびきょうかん》にも興味はない。

ビフロンスがぐちゃぐちゃと身体を変形させながら発光すると、

「死骸行進《パレード》」

そう、唱えた。

かつてガギウルは悪魔の拠点として栄華を極め、狼藉者《ろうぜきもの》たちによって沈められた。

無念の内に、非業の先に、悔恨を持って静まった悪魔たちが、その姿を顕現させていく。

「淵《ふち》ニ沈メタ悔恨《デモンズ》ヲ、解キ放テ」

下級悪魔《レッサーデーモン》、中級悪魔。

それらが実体を伴って、ガギウルに群れを成していく。

『ギギギギ……グぼおおおおオオオオオオッ!!」

「死んだ」という事実さえあれば、ビフロンスの異能の効果対象。魔力によって死骸を作り出し、身体として再生する。

尽きることのない屍の兵隊を盾として、ビフロンスは行動を開始する。

ガギウルは、逃げ惑う住人と、冥府から蘇《よみがえ》った悪魔の軍勢によって混沌《こんとん》の底に叩《たた》き込《こ》まれた。

直後。

「氷都《スカジ》」

「……ン？」

パキッ……パキパキ。

街全体を這うように潜行した冷気が、周囲を凍らせた。

住人たちの逃げ惑う街内を、悪魔たちが我が物顔で埋め尽くす。

ビフロンスの指令に従う肉人形は、人間を排除すべきものとして認識し、それらに襲《おそ》い掛かる。

四体の中級悪魔《デモンズ》。

二足獣。四足獣。羽虫。甲虫。それらの姿をもって、逃走する獲物の背を追っている。

「どけッ！　道開けろッ！」

「俺が先だ!!」

「ママ……どこ……っ？」

「か、神よ……我らの罪をお救いください……」

商人馬車や屋台などで狭い道に大勢が詰め掛け、その道を塞いでいた。

背中に感じる死は冷たく、彼らの思考を奪っていく。

我先にと逃げる大群に迫る中級悪魔《デモンズ》たちは機械的に、最後尾に詰まってしまっている住人に照準を定めた。

「ひっ……早く道開けて!!」

「だ、だれか……っ」

「は、ははは……なんで、こんな……」

生に執着する者、助けを乞う者、諦観に笑う者。

そんなすべての声に喚起されたように。

「……ぁ」

冷気が、街を撫《な》でた。

建物、地面。およそ魔力のない無機物を悉《ことごと》く凍らせながら、街の姿を変えていく。

そして――。

『グぎゃあああッッ――ごぶっ』

中級悪魔《デモンズ》が、空から降った鉄鎚《てっつい》に押し潰された。

「久々の戦闘が、まさかガギウルん中だとはのう……」

住民が目にした背中は、鉄鋼都市ガギウルの象徴。

鎚《つち》を担いだ大男は、四足獣の中級悪魔《デモンズ》を足で踏みつけ、視線だけを人の大群に向けた。

「人が集まってくれていて助かったわい。おかげで、守るのは容易だ」

『グ――グルバ様あぁぁ!!』

声を上げた観衆に呼応するかのように、様々な場所で歓喜の咆哮《ほうこう》が上がる。

「向こうも間に合ったようだのう」

各所で起こる破砕音は、グルバと御旗を共にする化け物たちの爪痕だ。

「さて、若よ……滾《たぎ》らせろ。我らが王の再臨を、愚か者に叩きつけてやるがよい」

■

「よりによってお前かよ――ビフロンス」

「キ……貴様嗚呼《ああ》アアアア!!」

「久しぶりじゃねえか」

俺は踏み込むごとに足下の地面から薄氷を波及させ、脇にレナちゃんを抱えながら氷都と化したガギウルを闊歩《かっぽ》する。

恐怖ではなく、ただただ煩わしさから顔をしかめながら。

「は、放しなさいよ！」

「暴れないでレナちゃん。レナちゃんガギウルの救世主作戦しなきゃいけないんだから」

レナちゃんを抱え直し、ガギウルの大木の根元でビフロンスと対面する。

「屍王……片時モ、忘レタコトナドナイゾ……冥府ノ底デアッテモナァァ!!」

ビフロンス。

「そんなに死にきれなかったんなら、もっかいぶっ殺してやるよ、ゲル野郎」

忘れない……だと？

こっちのセリフだ。

お前に殺されたクラスメイトの叫び声を覚えてる。

尊厳を踏《ふ》み躙《にじ》り、死体を弄び、その死体でさらにクラスメイトを殺す。お前は、数いる俺の復讐の標的の一体だった。

「お前のせいでこっちは叫び声がトラウマなんだ。面白い映画もアニメも見られなくなった……どうしてくれんだ」

「何ヲ言ッテイル……屍王ォ！」

とりとめのない愚痴が溢れ出す。何を言っても戻らないのはわかってる。

かつて、俺はこいつを筆頭とするガギウルの悪魔たちを抹殺した。

こいつはきっと、俺が勇者として呼ばれた一団にいたことも、仲間を殺された復讐のためにガギウルの悪魔たちを殺したことにも気付いてないいんだろう。

今更……言うこともないか。

気持ち悪く蠢くゲル状の生物とも言えない欠陥体にかける言葉は、もう無い。

「コノ時ヲ……冥府ノ底デ待チ侘《わ》ビタゾ……コノ、ビフロンスガ」

「いいよ、喋《しゃべ》んな」

腕を横一線に振ると、地面を這う氷が俺の前方を蝕《むしば》む。

目視することも叶《かな》わない速度で地面から生える氷柱《つらら》がビフロンスの不定形の身体に突き立った。

「グオォッ!?」

「レナちゃん、その剣貸して。君、剣使わないでしょ？」

「なんでわかんのよ……まあいいわ。どうせ私じゃ使えないし」

不愉快な悪魔を前にして、グルバと会った時よりも落ち着いているレナちゃんは腰の剣を俺に渡し、自分の脛当てを確かめて構える。

トントンとつま先で地面を叩きながら、息を吐く。

「あれ、明らかに攻撃効く形してないいんだけど……」

「うん、基本効かないね」

「ちょっと!?　どうすんのよ!?」

「策はあるから大丈夫だよ。ってかあれ、一回殺したことあるし……マジでなんで生きてんのかわかんないけど……」

「は、は？」

「大木に魔力が集まってたのはこいつが原因だ。つまり、この気持ち悪い形した悪魔を殺せば不作は解消されるってわけ。頑張ろうレナちゃん」

「こいつが……そう、なのね」

剣を軽々振りながら、一人で盛り上がっているビフロンスを睥睨《へいげい》する。

レナちゃんは怯《おび》えを含みながら、仇《かたき》を見る眼《め》でビフロンスを見上げた。

「愚弄……スルカ……コノ、ビフロンスヲオオォォォォオオオ!!」

ジュウジュウと音を立てて蒸発しながら氷を溶かし、魔力を煌々《こうこう》と輝かせる。

光の直後に現れるのは、街を襲う大群と同様の悪魔の群れ。

「アア……憎イ……憎イゾ屍王ォォ!!　貴様、同胞タチヲ屠ッタダケニ飽キ足ラズ、マタシテモ我ノ街ヲッ!!」

「……我の街？　ふざけんじゃないわよ。クソ悪魔」

ぽっと出の領主気取りに、レナちゃんは鋭い目つきで啖呵《たんか》を切る。

「ここはアイロン家の治める街よ。気持ち悪いゲロ生物の出る幕はないわ」

「ゲッ……!?」

「ぶははは っ！　いいねレナちゃん！　最高！」

レナちゃんの言葉に手を叩いて笑う俺に腹を据えかねたのか、ぶくぶくと水が沸騰するように身体に気泡を浮かべる。

それは恐らく指示。ビフロンスによって生み出された悪魔の死骸の集団が、意思を持ったように叫び散らかしながら俺たち二人に突貫を開始した。

ビフロンスを守る盾のように壁と化した悪魔の波が俺たちに迫る。

「ねえ、数多すぎなんだけどっ!?」

咄嗟《とっさ》に迎撃に出ようとするレナちゃんを片手で制しながら、軽い足取りで踏み込む。

迫る雑魚《ざこ》悪魔の攻撃に合わせ、間一髪でカウンターを打ち込んでいく。

十体、二十体……数えるのが億劫《おっくう》になるほどの腕、足、顎、爪。弾《はじ》き、掻《か》い潜《くぐ》って突き刺す。

流石《さすが》グルバの剣。切れ味は保証されてんな。

「レナちゃん。俺に何をしてほしいかだけ言ってくれ。全部叶える」

レナちゃんがどんな異能を持っているかはもう聞いた。だから、俺は彼女を全力でサポートするだけでいい。

ガギウルを救った少女。その名声のために。

この肩書きは、彼女の現状を救う一手になりうる。

このゲロ野郎はレナちゃんがぶっ殺す。俺たちがするのは、そのアシストだけ。

悪魔の津波を捌《さば》きながらレナちゃんに視線を送ると、彼女は。

「……私、準備が終わるまで動けないから……守ってくれる？」

「指一本触らせないよ。任せて」

俺の言葉に肩を跳ねさせたレナちゃんから視線を外して、迎撃に集中する。

レナちゃんは息を深く吐くと、目を瞑《つぶ》る。

当然、その隙を見逃してくれるわけもない。サソリのような悪魔が尻尾《しっぽ》から針を飛ばし、レナちゃんに射撃する。

「――――ふッッ！」

片足で地を蹴り、宙で針を打ち落とした。隙を突いて俺の下を潜る悪魔に、剣を投げ下ろして頭部に突き刺す。着地と同時にその悪魔から剣を抜き払い、再び波を捌いていく。

力は必要ない。速度だけに集中し、機動力を奪うことに注力する。
三十、四十。
単純な身体能力だけの力技を繰り出すが、ビフロンスもそれを許さない。

「ホホホホホ！　ドウシタ屍王！　無様デハナイカ！　カツテノ威容モ地ニ堕チタナァ!!」

「優勢と見れば調子取り戻すとか……典型的なカマセ、下っ端のテンプレだな」

「光モナク、死ニ往クガヨイ。カツテノ為政者ヨ」

悪魔の群れが勢いを増す。

まだ、まだ耐えろ。

「貴様モ自分デワカッテイルノダロウ？　自身ノ衰エヲ。昔ノ貴様ナラバコノ程度ノ数、数秒トカカラズ屠ッタダロウナァ!!」

「これで衰えたって……あんた」

「レナちゃんは集中！　聞かなくていいから！」

ビフロンスの言葉に俺以上に反応するレナちゃんは驚愕《きょうがく》に目を見開く。

でも、悪いけど構ってる暇はない。

攻撃が掠《かす》ろうとも、頬《ほお》に血が伝おうとも……強引に身体を捩《ねじ》り、後先考えない迎撃を可能にする。

もうすぐ、来る。アイツはいつも、俺を第一に考えてる。

波が勢いを増す。

迎撃の手数が、着々と足りなくなってくる。

恐らくあと一分と掛からず、俺は悪魔の波に呑《の》まれる。

だが、一分はあいつにとっては長すぎる。

「――――お待たせいたしました。『不妄』、担当区画に生存する悪魔の掃討を完了いたしました」

「さっすが、右腕」

「ふひっ……じんんっ……失礼いたしました。――宝物庫《ゴエティア》、No.《ナンバー》・」

「二十五」

俺が過去に討伐した七体の上級悪魔《グレーターデーモン》。それらの中で、もっともビフロンスにキく奴《やつ》を選択する。

ニヴルが腹を開き、その中に手を突っ込む。

それとほぼ同時、挟撃を防ごうとした俺が翳《かざ》した剣を、一体の悪魔が弾き飛ばした。

もう、俺に武器はない。

宙を舞う剣がやけにスローモーションに見える。

それを好機と見たビフロンスは、表情の見えない顔を悪辣に歪《ゆが》めたように見えた。

「ホホホホホッ！　屍王ッ、討チトッ」

「――――二十五番目の鎖櫃《チェーン・オブ・グラシャラボラス》」

悪魔の軍勢は、足を止めた。

「……ナッ!?　ソ、ソノ鎖ハァアアッ！」

周囲の悪魔たちに巻き付いた鎖。その鎖の発生源は、俺の手に握られた小箱。

「上級悪魔《グレーターデーモン》、伯爵《アール》……グラシャラボラス。お前と一緒にガギウルを支配してた悪魔だよ。仲ぁ、良かったよなぁ？　悪魔の分際で、仲良しごっこしてたよなぁ！」

俺は、手に載せた小箱を握り潰す。

直後、鎖が巻き付いていた悪魔が千々に爆散した。

「ソノ鎖ハ、グラシャラボラスノォオォォオオッ!!」

「仲間の死体を弄ぶのはお前のお家芸じゃねえかよ。何悲しそうなふりしてんだよ。……いつもみたいに、笑ってみろよ、伯爵様ぁ」

クラスメイトたちの顔を思い浮かべると、どうも自制が効かなくなる。まあ、効かせるつもりもないけどな。

「てめえは仲間の死骸を使った武器で……惨めに殺されんだよ」

■

阿鼻叫喚に塗《まみ》れたはずのガギウル。悪魔が氾濫し、占領必至だった鉄鋼都市は、数人の影によって鎮静化した。

「邪魔邪魔邪魔邪魔ァァアアアアア!!」

咆哮と共に悪魔を蹴り散らしながら突進してくる人影は、人間の膂力《りょりょく》では到底そうはいかない芸当を披露する。

宙に舞った悪魔たちが地面に衝突し、魔力に戻り消えていく。

女の化生の身の守護竜は、剛力と馬鹿げた機動力に任せガギウルを走行し、悪魔たちを撥《は》ね飛ばす。凍った街を物ともせず破壊していく様は、悪魔以上に悪魔的だ。

暴虐の限りを尽くすニーズヘッグの背後には、担当区画を掃除し終わったガルムが軽々悪魔を屠りながら追随する。

「ニドォ！　あんまり暴れちゃだめだよぉ！」

「無理を言うなガルムよ！　住民の安全を確保しろと王は言ったッ！　最優先は人命であり、街は二の次なのだ！」

「それはそうだけど……さッ！」

言葉尻で獣型の悪魔の首を引き千切ったガルムは、ニーズヘッグの行路から辛くも逃走した討ち漏らしの悪魔を処理する。

街中の悪魔を数えることなく掃討していると、ボロボロになった瓦礫《がれき》がそこら中に飛び散っている光景が二人の視界に入った。

そこには大勢の住民と、それらに囲まれ居辛そうに顔をしかめているグルバの姿。

この惨状はグルバが作り出したものなのだろう。

「うわっ……グルバじーじも街壊してるし……」

「翁《おきな》め、腕は衰えておらんようだの」

憎らし気に鼻を鳴らしたニーズヘッグは、そのままグルバたちに近づく。

「翁よ、逃げ遅れた者どもはこれで全員か？」

「ん？　おう、竜子《りゅうこ》。残りは全員、街の外壁近くで警邏《けいら》団に保護されてるようだ」

「ニヴルも一番乗りで終わらせて王のとこに行ったみたいだから、ガルムたちの役目はこれで終わりだね！」

「なっ!?　あの牛女っ……我は先に行くぞ！」

「あ、ちょちょ、ニドッ！」

「捨て置けガルム。あれらは前からそうだろうて」

優し気に、懐かしそうに目を細めるグルバに、住民たちは驚きの表情を浮かべる。

厳格な性格で知られる彼のその表情は、ガギウルの人間であっても見たことがない柔和な老人の顔。

一人の青年がおずおずとグルバに声をかける。

「グ、グルバ様……彼女たちは、グルバ様の側付《そばつ》きの方々でしょうか？」

見目麗しい容姿のニーズヘッグを目に焼き付けた住民たちは、羨望の眼差《まなざ》しでグルバを見やる。

しかし、グルバの反応は芳《かんば》しくない。

「なに？　馬鹿を言うな。間違っても、そのようなことを奴らの前で言わない方が賢明だ」

「で、でしたら……」

「……ふっ、ワシらは」

「あー！　待って待ってじーじ！　ガルムッ、ガルムが言いたいッ！」

グルバの手をぶんぶん振り回しながら駄々《だだ》をこねるガルムの姿に、住民たちは内心冷や汗をかく。

鍛治神への態度としてあまりにも礼を欠いているその行動に、しかし当の本人は気にした様子もなく笑った。

「では、任せよう。王の頼みだ、盛大に宣誓するがよい」

「おー！」

威勢良く頷いたガルムは、灰色の外套《がいとう》を大袈裟《おおげさ》に手で靡《なび》かせながらポーズを決めた。

手で顔を覆い、不敵に笑うその姿を屍王が見た日には悶絶《もんぜつ》して三日は立ち直れないであろう厨二体勢。

「――我らはヘルヘイムッ！　試練の剣を抜き放った俊英、アイレナ・ウィル・アイロンと共に……この街に巣食った悪を、討滅せん！」

「……というわけだ。我らはヘルヘイム。王の命に基づき行動する雑兵に過ぎんよ」

『我らはヘルヘイム』。

自らを雑兵と悪し様《あざま》に卑下する謙遜以上に、その言葉が住民たちの思考を止めた。

「ヘルヘイム……って」

「うそ、でしょ……グルバ様が、あのヘルヘイムの……」

「でも、助けてくれたし！」

「どうなってんだよ……」

「困惑は至極当然だろう。しかし、ここで立ち止まっているのは愚策。警邏団の下に向かうことを勧めておく。今なら悪魔どももいないだろう」

当然のように混乱する住民たちを置き、忠告だけを残してガルムの背中を押し歩み出すグルバ。

屍王に命ぜられたのはここまで。弁明は不要だと言われている。

「我らを悪と断ずるかは、世相に任せるとするかの」

「じーじ、難しくてわかんない」

「我らは自由に生きるのみ、ということだ」

「おー！　わかりやすい！」

領主の娘と共にガギウルを救ったヘルヘイム。

それと相反するように世界を蝕むヘルヘイム。

その二つの情報さえ生まれれば、世界を動かす者たちには伝わるだろう。

いや、厳密に言えば……彼を知る者たちには、だが。

これは布石。

世界に屍王の帰還を報《しら》せる狼煙《のろし》が、今上がった。

■

「おい、どうしたよ」

「グッ、アアアアアアアアアアアアアアアッ!!」

叫ぶ不定形は癇癪《かんしゃく》のように魔力を噴き出す。

尽きることのない上級悪魔《グレーターデーモン》の魔力はそこら中に新しい悪魔の姿を蜃気楼《しんきろう》のように浮かび上がらせ、実体を造る。

だが、創った次の瞬間には、屍王の剣に打ち崩される。

気を散らすために不動のアイレナの側に悪魔を生み出すが、その個体すら屍王の中にある小櫃《こびつ》から伸びる鎖に絡まれ爆散した。

「大丈夫か伯爵様？　そろそろ仲間の死骸《残弾》も少ないんじゃねえかぁ？」

「愚弄……スルナアアアアアッ！」

「愚弄してんのはどっちだよ。お前のために死んでいった仲間の死骸を弾避《よ》けに使うとか……浮かばれねえな、上司が無能なせいで」

「死ネエエエエエエッ!!」

一際身体を膨張させたビフロンスは、粘性の音を立てながら身体を変形させる。

その姿は、巨人と見紛《みまが》う人型。

剛腕と呼べる木の幹のような腕をさらに倍増させながら、必殺の構えを取って振りかぶる。

当たれば当然、ただでは済まないだろう。

アイレナは、自身の前方で余裕そうに自分を振り返った屍王の目を見据える。

不動の構えで息を吐きながら、右目に魔力の炎を纏《まと》わせた。

「――いいわよ。準備できた」

その言葉と共に、一歩を踏み出す。

アイレナの生まれ持った異能、【不動《ふどう》の鐵腕《かいな》】。

一言で言えば「チャージ型の異能」であり、異能を発動してから自身の脚を動かすまでの間、次の一撃の威力を上昇させ続けるという不便な異能。

一対一ではほぼ無能の誹《そし》りを免れることのないハズレ異能だ。

しかし、屍王のような強力な支援者がいれば話は別。

その一撃は、上級悪魔《グレーターデーモン》でさえ一撃で屠ってしまうほどの乾坤一擲《けんこんいってき》へと進化する。

(お膳立てされて、やっとできるなんて我ながら厄介だわ……でも)

自分を買ってくれた彼は、当然のように笑っていた。

「ッ!?」

ビフロンスは屍王だけに向けていた視線を反射的に、アイレナに充塡《じゅうてん》された剛撃に照準を合わせる。

アイレナの一撃によって自身が吹き飛ぶ幻視をしてしまうほど、救いようのない異常をアイレナの腕に見たのだ。

あの一撃を、自分に届かせてはならない。小手先だけを弄する屍王とは訳が違う。一撃で自身の存在を消し飛ばしかねない彼女の存在感に、膨張した腕の矛先を固定する。

相殺された腕はきっと消し飛ぶだろう。

だが、それはただの身体の一部に過ぎない。液状の身体の中心にある核にさえ届かなければ、また再生できる。

そう思って、渾身《こんしん》の力を込めたビフロンスの右腕は。

「残念」

パァン!!

音を立てて爆散する。

巻き付いた鎖がビフロンスの腕を構成する魔力を分解し、破裂させたのだ。

ビフロンスが生み出した悪魔を爆散させる鎖のタネは、魔力分解。

「相性最高だな。流石は元相棒だ」

「シ、屍王オオオオオオオオオッ!!」

断末魔に近い叫びは街中に轟《とどろ》き、事態を見守る住民たちにも届く。

巨人と化したビフロンスの姿に恐れ慄《おのの》いていた住民たちは、固唾《かたず》を呑んでその光景に見入る。

「レナちゃん、ほいっ！」

「はっ!?」

屍王からアイレナに軽々しく受け渡されたのは、鍛冶神グルバの一振り。

ガギウルの大木に突き刺さり、長らくビフロンスの復活を食い止めていた強者の証。

「それで決めちゃおう。全力の一撃を振り下ろすだけだよ！」

「ま、待ってっ、そんなこと言ったたってっ」

「――――大丈夫」

アイレナは勢いに押し切られて柄《つか》を握る。一般的な剣では感じることなどあるはずのない嫌悪感や不安感。それらが疼痛《とうつう》のように腕を這う。

だが、それだけだつた。

初めて受け取った時のように全身から力が抜けるようなことも無ければ、息が上がるわけでもない。

アイレナの異能によって高められた力や魔力が、彼女を悪魔の性質から守る鎧と化していたのだ。

「がんばれ。カッコいいぞレナちゃん！」

「……っ」

見返りを求めていた訳では無い。

民のため。領主の娘としてできる事をしようともがいていた。

しかし、背中に受けていた憐れみや失望の言葉を悔しく思っていたのも、誤魔化しようのない事実だ。

たった二言。

がんばれ、とか。

カッコいいぞ、なんてありきたりな応援と賛辞の言葉によって彼女の勇気は、奮い立つのだ。

そして、

「レナちゃん様、行きます」

「へっ？　え、ちょ」

「一世一代の雄姿です。派手に行きましょう」

ニヴルが準備万端のアイレナの肩に手を置くと、

「転移《テレポート》」

アイレナの姿が、消える。

次にアイレナが姿を現したのは、

「ははっ、ほんと、馬鹿げてるわね」

ビフロンスの頭上だ。

ガギウルの誰もが宙に現れた鈍色《にびいろ》の光に瞠目《どうもく》し、視界に入れた。

領主の娘であるアイレナが、規格外の魔力を伴って宙に現れ、彗星《すいせい》のようにビフロンスへと急降下する。

状況がわからなくても、直感的に全員が理解する。

あの巨人は、アイレナによって討たれるのだろう、と。

まだ幼い少女。しかし領主の娘として責務を負っている姿を幾度も目にした住民たちは、その姿に叫ばずにはいられない。

『――――オォォォオオオオオオオオッ!!』

街を囲むように上がる歓声。

「貴様嗚呼アアアア、マタシテモコノビフロンスヲオオオオオ!!」

鎖に縛られ魔力を分解され続けるビフロンスが溢したのは、アイレナにではなく、別の誰かへの怨嗟《えんさ》の号哭《ごうこく》。

しかしそれも、ガギウルを震わせる歓声に掻《か》き消《け》された。

ビフロンスを破滅させる元凶は、薄ら笑いを浮かべた。

「俺どころか、レナちゃんに殺されるんだ……お疲れ、ゲロ伯爵」

「ツ――――ぐぎぎぎゅおおオオオオオオッ!!」

煽《あお》りに煽った一言に怒り狂った思考は、しかし。

「でもちょっと……予想以上だなぁ。ニドといい勝負だぞ、コレ」

「つ、ぶ、れ、ろッッ!! 覇鎚《ブラスト》ォォォォオオオオオオオオッ!!」

屍王もドン引く高火力の一撃によって、その核を砕かれた。

■

「いっ……いやああああああああああッ!!」

沢村が首を手折られた光景に叫び、眼を背ける。勇者たちの反応は忌避一色であり、外とは違う騒乱に陥る。

物言わぬ肉塊と化し崩れ落ちる沢村の姿に、画面の向こうや想像の出来事であった『死』を目の当たりにした勇者たちは、叫んだ女子生徒を筆頭にその場にへたり込む。

逃げ出そうにも、動いた瞬間にその矛先が自分に向くのではないかという恐怖で竦《すく》んでしまう。

「あ……あぁ」

ぐりんッ。

可動域を無視した動きで獲物を探すアイロン伯爵。

その視界が捉えたのは、沢村の後ろで呆然《ぼうぜん》と事態を見ていた女子生徒。

氷華だ。

「っ!?　ヒョーカッ！」

突然の凶行に時を忘れていたアーシャは、咄嗟に名前を叫ぶ。

伸ばされたアイロン伯爵の手は氷華の間近に迫り、もうすでにアーシャが届く距離ではない。

反応が遅れた氷華は、一瞬の逡巡《しゅんじゅん》の末に魔法を選択する。氷魔法の発動。それすなわち氷華自身の身体能力を上げる術《すべ》だ。

氷華に備わった異能、【銀星の寵姫《ちょうき》】。氷に覆われた環境での戦闘時、魔力、身体能力上昇。自動回避機構、自動迎撃機構付与。

これらを発動させるためには、周囲を氷魔法で覆うことが絶対条件。絶大な効果を発揮するそれは、急展開にはあまりに弱い。

魔法を発動しなければならない性質上必ず生まれるラグが、この状況では命取りだ。

「日崎ッ！」

「ヒョーカッ！」

勇者たちとアーシャが必死に叫ぶ眼前《がんぜん》で、氷華の首にその手が巻き付く……寸前。

伯爵家が、冷気に包まれ、凍結する。

「ッ！」

突如凍結した床を滑るように移動した氷華は、自動回避機構によって難を逃れる。

さらに自動迎撃機構によって彼女の周りに浮遊する氷の礫《つぶて》が、すれ違いざまにアイロン伯爵の身体を撃つ。

「うあああっ……ぐブ……っ」

力なく呻《うめ》いたアイロン伯爵は口からゲルのような異物を吐き出し、その場にくずおれた。

「だ、旦那様ぁッ！」

「メタル様！」

筆頭使用人や侍女が倒れた当主に駆け寄り、その身体を抱き起す。先ほどと同じく苦し気に呻く……が、顔には血色が戻り、規則正しく呼吸もできている。

アーシャはその光景に見覚えがあった。

悪魔が人間にとり憑《つ》く際、自分の魔力を人間の身体に注ぐことがある。

今、アイロン伯爵が吐き出したそれが、まさに元凶。

「はぁあっ！」

考える間もなく剣を抜き放ったアーシャは一息に間合いを詰め、それが動き出す前に半透明のゲルの中に浮かぶ球体の核を穿《うが》つ。

抗《あらが》うようにぶるぶると震えたゲルは、ほどなくしてその動きを止めた。

沢村の死から始まった混乱は、唐突に訪れた冷気によって一瞬で終息《しゅうそく》する。

「さ、沢村が……」

「ま、まじで……死んだのか……？」

「なに驚いてんだよ……それを承知で勇者として生きてくって言ったんじゃんか」

「……今日、ご飯食べられないよこれ」

無惨な沢村の死体に近づく者はいない。

だが、あまり仲の良くない人間といえども、クラスメイトという身近な人間の死は彼らに多かれ少なかれ心の機微を生んだ。

「お、王女殿下っ……当主の勇者様への凶行。誠にっ、誠に申し訳なくっ……」

涙ながらに床に頭を擦《こす》りつける勢いで頭を下げる老体の使用人に、アーシャは小さく首を振る。

「頭をお上げください。伯爵の口から飛び出た異物は、悪魔の支配下にあった証《あかし》。かの凶行も、悪魔による仕業に違いありません。穏当な処置を施せることでしょう」

「ああッ！　ありがたく……！」

感極まった使用人は、数名の使用人と共にアイロン伯爵を奥の部屋に連れていく。

その姿から早々に目を離したアーシャは、外から聞こえる騒音や悲鳴に顔を歪める。

ちょうど沢村の首が折られた瞬間から聞こえているそれらは、ガギウルを何か得体の知れない者が襲った証拠。

そしてそれは、悪魔関連である可能性が高い。

しかし、

「氷魔法……」

氷華のものではないそれに、アーシャは苦々しく呟く。

歴史上、その魔法を使う者は多くない。氷華を除き、これを操る人物に該当する者は、一人しかいない。

(屍王……っ！)

今にも館を飛び出したい衝動に駆られたアーシャは断腸の思いで踏み止まる。

戸惑う勇者たちを置いて、自分がこの場を離れるわけにはいかない。離れるにしても、まず……。

「皆様、お立ちください！　無理を言っているのは百も承知ですが、皆様をサワムラ様の二の舞にするわけには参りません！」

へたり込んだ勇者たちに毅然《きぜん》と声をかけたアーシャは、側にいた侍女に「勇者様方を匿《かくま》える部屋はありますか？」と質問する。

「え、ええ！　こちらです！」

「ありがとうございます。皆様、彼女に付いて避難を！」

侍女を筆頭に慌てて足を動かし始めた勇者たちに安堵《あんど》の息を漏らす。

(勇者様とはいえ、異界の方々。まだ十全に戦える状態にはありません)

不気味に凍った館内を眺めながら、アーシャは忸怩《じくじ》たる思いに胸を痛める。足下に転がる沢村の死体に祈りながら、痛まし気に目を伏せた。

侍女が持ってきた布で沢村が隠され、勇者たちの避難が完全に完了する。

腰に携えた剣の柄《つか》を確かめるように握り締めると、息を深く吐いた。

「街へ、行かなくては」

先ほどよりも激しさを増した音に嫌な予感を覚えながら、アーシャは館の扉を開こうとドアノブに手をかけた。

「……アーシャ王女。私も、連れていってください」

「ヒョーカ……？」

突然の声に振り返ると、そこには避難したはずの氷華の姿。

その眼は、いつもの何事にも興味が希薄な無感情ではなく、確かな衝動によって動いていることがわかる熱を湛《たた》えていた。

「ひ、日崎！　何してるんだ、戻れ！」

氷華は自分を追ってきたクラスメイトの川崎《かわさき》の声に反応を示さず、冷徹なまでにアーシャを見据え続ける。

アーシャも川崎と同様に戻るように促そうとするが、確固たる意志を内包する視線に貫かれ、声にならない声を上げた。

沈黙。

こうしてる間にも恐らく犠牲者が出てしまう。迷っている時間はない。

それに、氷華ならば……。そんな感情に駆られたアーシャは力強く頷いた。

「危険は冒さないと、お約束ください」

「時と場合に依《よ》ります」

「……はぁ……わかりました。では付いてきてください、ヒョーカ。カワサキ様は皆様のところへお戻りください」

「えっ!?」

川崎の声を背後に受けた二人は、館を飛び出す。

そこに広がる光景に、言葉は出なかった。

ガギウルの大木を目印に走りながら、豹変《ひょうへん》した銀世界に呼吸を白く染める。

『シ、屍王オオオオオオオオオッ!!』

断末魔の如《ごと》き咆哮が、二人の鼓膜を叩く。

「あれはッ!?」

「……あれが……悪魔」

ガギウルの大木の隣で身体を膨張させる巨人。それはまごうことなき上級悪魔《グレーターデーモン》だ。

「まさか……上級悪魔《グレーターデーモン》だなんて……」

予想以上に逼迫《ひっぱく》した事態に足を速めたアーシャの内心は、余裕で横を走り続ける氷華に頼もしさを感じる半面、不安が過《よぎ》る。

(いざとなったら……氷華だけでも……)

そう、悲壮な覚悟を固めた次の瞬間。

『────オォォォオオオオオオオオオッ!!』

ガギウルを囲むように方々から起こった大歓声が、鉄鋼都市を揺らす。

何事かと視線を上げた二人が見たのは。

「つ、ぶ、れ、ろッッ!! 覇鎚《ブラスト》ォォォォオオオオオオオオオッ!!」

燦然《さんぜん》と輝く鈍色の鉄鎚。

何かを叫ぶ悪魔の一切を潰し、破滅させる理外の一撃。

身体の芯にまで響くような鈍重な破砕音を響かせるその一撃は、明らかな過剰火力。知識のないものであっても、悪魔が耐えられるものではないことは火を見るより明らかだ。

衝撃の余波で物理的に都市を揺らしたそれは、予想通り巨人を圧砕した。

「……あれは……アイレナ様……？」

止まりそうになる足を懸命に動かしながら、混乱する脳内で今の光景が反芻《はんすう》される。

「…………………っ」

そんなアーシャとは違い、氷華が反応するのは今の光景ではない。

屍王。

自分と同じ氷魔法使い。名前の音。

嫌でも、氷華の脳裏に兄の姿を想起させる。

そして、氷華に与えられた称号【屍氷の王妹】。

それらすべてが一つに重なり、突き動かされるように彼女は自《おの》ずと足を速めていった。

■

「はぁ……はぁ……っ」

土煙が冷気に晒《さら》され、キラキラと発光する。

盛大に埋没した都市の地面の中央で、レナちゃんは肩で息をしていた。

「うわぁ……すっごいな、やっぱり」

「な、なんで……はぁ…んたが引いてんのよ……はぁ……」

「予想以上でさ。やっぱりすごいね、レナちゃん」

「……ったく、調子いいんだから」

そっけなく返ってくる言葉に確かな喜色が含まれてることに気付かないふりをしながら、ビフロンスの残した素材に目をやる。

悪魔の素材は、いわば心臓。悪魔の身体を構成する魔力の貯蔵庫として存在し、身体が無くなった後も残り続けることから、その強固さは推して知るべしだ。

だが、ビフロンスの残した素材は……。

「ボロボロだな……継《つ》ぎ接《は》ぎだらけだ」

元はキューブ状のものだったことが窺える外見は、角が削れたり欠けていたりと散々な有様だった。

昔、俺がビフロンスを殺した時、その素材は無くなっていた。

一緒にいたグラシャラボラスの素材では武具を作ったが、ビフロンスの素材はどこかに消えていたのだ。

「人為的に復活した……誰が……」

「どうしたのよ……？」

いつになく真剣な声音だったのか、レナちゃんが息を整えながら怪訝《けげん》そうに俺の顔を覗《のぞ》きこんだ。

「いや……なんでもないよ」

レナちゃんは、飄々《ひょうひょう》と質問を躱《かわ》す俺に不満そうに頰を膨らせるが、ほどなくして仕方なさそうに笑った。

事態の終息を見せたガギウルを眺めながら、氷魔法を解除する。

魔力の粒子に変化していく氷は、銀の星のように都市を包む。もう少しすれば街は元通り。壊れたのは仕方ないけど……まあ、それは悪魔のせいだし、倒すの手伝ったってことで。

「それにしても……」

ガギウルの大木。

その太い幹に付いた亀裂。その亀裂から漏れる膨大な魔力は、地に還元され、領内の不作もすぐに解決できる濃度だ。

悪魔が信奉していた苗木。前に俺が埋めた時には、ただの魔力の籠もった木でしかなかった。

いくら弄《いじ》ろうともうんともすんとも言わず、なんの反応も見せはしなかったはずだ。

明らかに、変容していた。

当然だ。悪魔の触媒になるようなものを俺が捨てるわけない。仮にそうだったとしたら破壊するか、利用してる。

今は前の姿に戻り、無害で豊かな魔力に富んだ大木に戻っている。

謎が多すぎる……。

俺がいない間にこの世界で起こった異常。その根は、予想以上に深そうだ。

「……ねえ！　聞いてる!?」

「あ、ごめん。考え事してた」

「もうっ！」

腕を振って怒気をアピールしたレナちゃんは、「んっ！」と手を差し出した。

その手の上には、ビフロンスの素材が載っていた。

「ほら、受け取りなさいよ！」

「え、なんで？」

「なんでって……こんなの、あんたが倒したみたいなもんでしょ！　そこまで図々《ずうずう》しくないわよ！」

「剣抜いた功績買ったくせに？」

「あれは交渉っ！」

「茶化《ちゃか》すな！」と打てば響く反応をしてくれるレナちゃんを弄りながら、俺は首を振った。

「とどめ刺したのはレナちゃんなんだし、実際倒したのはレナちゃんなんだから。レナちゃんのだよ、それ」

「で、でもっ」

「あ、じゃあこうしよう。どうせうちの奴らが多かれ少なかれ街壊してると思うから、そのお詫《わ》びってことで。上級悪魔《グレーターデーモン》の素材ってめっちゃ高く売れるからさ、修繕費にしたってお釣り来ると思うよ」

「あ、ああ言えばこう言うわね、あんた……」

渋々素材を受け取ったレナちゃんは、今もなお続く歓声に戸惑うように街を見渡す。

「ね、ねぇ……あんた、この街にはあとどのくらいいるの？」

「ん？　ああ、もう行くよ」

「ぁ……は？」

何言ってんのコイツ、みたいな顔で俺を見るレナちゃん。

すると、

「王ぉぉぉぉぉおおおおお!!」

空から降ってきたニドが、バッ！っと傍《はた》で静観していたニヴルを睨《にら》む。

「まったく、油断も隙もないのだ！　点数稼ぎに注力しおってからに！」

「遅かったですね、駄竜。点数稼ぎ大いに結構。屍王の役に立つことこそ我が本懐です」

「ぐぬぬ……っ」

悔し気に唸《うな》るニドの後ろから、ガルムを背負ったグルバが鎚を片手に姿を現す。

「王！　お疲れ〜！」

「相も変わらず無茶苦茶《むちゃくちゃ》するのぅ、若よ」

「二人もお疲れ」

互いを労《ねぎら》い合う俺たちの姿に、レナちゃんは心細そうに声を震わせる。

「も、もう行っちゃうの？」

その表情には、これからへの不安や、自分に掛かる責務への怯えが見て取れる。でも残念だけど、ここからは俺の領分じゃない。この街が求めてるのは俺じゃない。

「嬢よ」

「……は、はいっ」

どう伝えようか迷っていると、グルバがレナちゃんへ視線を合わせるように屈《かが》んだ。優し気な雰囲気にわずかに緊張しながら、レナちゃんはグルバの言葉を待っている。

「……この歓声が聞こえるか？」

グルバが示すのは、今も街の方々から聞こえてくる歓喜の声々。

レナちゃんが頷くと、グルバは鼻を鳴らす。

「人間とは、先導者を求める生き物。そしてそれは、強き者でなくてはならない。そうでなければ、人は簡単に意見を変え、裏切るものだ。ガギウルはその象徴にワシを置いた。だが今、それは誰に変わったのか」

喉を鳴らしたレナちゃんは、燃えるようなグルバの瞳に目を合わせる。

「鍛冶神と祭り上げられ金をせびるだけだったワシか、勇敢に立ち向かい上級悪魔《グレーターデーモン》を討滅せしめた、領主の娘たる嬢か。……考えるまでもあるまい」

止《や》むことのない歓声を注がれるのは、アイレナ・ウィル・アイロン、ただ一人。

重荷かもしれない、重責に違いないだろう。

だが、自分の家を救おうと剣を抜いた功績を俺から買った時点で、彼女が目指した場所はここに違いない。

功績や実績には、相応の期待と責務が圧《の》し掛かる。彼女が歩く道は、一歩踏み外せば奈落の道。

俺なんかにはわからない、貴族や領主の覇道なのだろう。

「案ずるな。グリフィルの御旗を掲げた馬車がガギウルに来ているそうだ。王族も乗っているであろう。そして、嬢の雄姿はこの街の誰もが見ている。きっと、そのすべてが力になるはずだ」

最後にレナちゃんの鈍色の髪を撫でたグルバは、鎚を担いで俺の横に立つ。

「同じようなこと言ったけどさ、もう一回言っとくよ。俺たちのお膳立ては確かにあった。でも、そうでなくても、きっと君は同じようにあの悪魔に立ち向かったと思うよ。ただその前に、君の努力が俺を見つけただけ。君の異能でビフロンスを倒したのも事実だし、君の行動が結果を伴って住民に届いたのも、れっきとした事実だ。無駄に卑下されると、俺の見る目を卑下されたみたいでちょっと気分良くない」

「そんなに買ってもらえるようなこと……した覚えないんだけど……」

「それでいい。君がした努力の一端が、俺に引っ掛かった。そんなんでいいんだよ。俺たち《ヘルヘイム》もそんな感じで集まった奴らだからさ」

ガギウルの大木の根元に集まった俺たちは、レナちゃんと対面する形で立ち会う。

二日も経《た》たない出会いと別れだというのに、レナちゃんは今にも泣きそうに俺を見た。

「ニヴル」

「はっ」

短く返事をしたニヴルが魔力を発露させた。もうすぐ転移《テレポート》が発動する。

まあ、少し安心させてあげるか。

「君のお父さん、話を聞いた感じ多分ビフロンスに操られてただけだと思うからさ。もうすぐちゃんと目を覚ますんじゃないかな」

「そ、そうなのっ？」

「ああ、だからそんな泣きそうな顔しないで」

「う、うっさいわね！」

涙を拭いながら声を荒らげるレナちゃんに、何故《なぜ》かグルバが笑う。

「朗報だ、嬢よ。我らが王はこう見えてかなりの世話焼きなのでな、当分はガギウルのことが頭から離れないだろうよ。危機になったら何かと理由を付けて寄ろうとするだろう……のう、若よ？」

「しねえよ、そこまでお人好《ひとよ》しじゃない」

俺がそう言うと、俺以外の全員が含み笑いをしやがった。

もういいよ、それで……。

「屍王、そろそろ」

ニヴルの言葉で、タイムリミットを悟る。

じゃあ、別れの挨拶だな。

「レナちゃん。俺たちの名前は自分から口にしないでほしい。ヘルヘイムって何かと話題だから、悪印象を持つ奴も多いだろうから……塩梅《あんばい》は君に任せるけど」

「……今回のことで自然と広まるでしょうから、それに任せるわ。わざわざ言及しない……これでいい？」

「流石」

俺の言葉に「ふん」と嬉《うれ》しそうに鼻を鳴らしたレナちゃん。

あとは時勢に任せよう。

んじゃ、ちらほらと目を集めているであろうこの場所で、『屍王』を演じるとしますか……。

三日は起き上がれないなぁ、多分。

でも、気付く奴は必ずいるし、宣伝大事だしな。


「────ガギウルの英雄、アイレナ・ウィル・アイロン……鈍色の少女よ。鉄鋼の街を救いし鉄の乙女《おとめ》よ。屍王と肩を並べた勇傑として、我らの記憶に刻まれた。此度《こたび》の縁《えにし》を楔《くさび》とし、再び相見《あいまみ》えよう。――またね、レナちゃん。強くなったら、今度は一緒に旅でもしよう」

俺たちを包む光が強くなると、周りから音が消える。

見送るレナちゃんの口が小さく動く。

あ、確実に「バカ」って言ったな。

確かにバカだよ！　急にこんな尊大な喋り方しだしていろいろ言うのはそりゃバカだよ！

やめようやめようとするのに、俺に眠る厨二心が「カッコいい！」と叫ぶのだ。

広まるのは嫌だけどやりたい！　そんな矛盾を孕《はら》んだ自傷行為にも等しい。

だったら振り切って言ってしまうのだ。

「ヘルヘイム、帰還する」

『はっ』

最後に見たレナちゃんの顔は、涙ながらの見惚《みと》れるほどの笑顔だった。

■

ガギウルの大木の根元。

灰色の衣の一団が、光に包まれている。

アーシャが目にしたのは、涙を流すアイレナの姿と、いつか見た出で立ち。

間違うはずがない。

「屍王ッ!!」

アーシャの叫びが届く直前、その姿は消えていた。残ったのは、所々が崩れた街と、泣き続ける少女。

アーシャは悔し気に拳を握り、氷華を振り返る。

「ヒ、ヒョーカ?」

普段感情の起伏が少ない氷華の顔は、混乱と驚愕に濡《ぬ》れていた。


「に、兄さん…………?」

その呟きは、鉄の街に冷たく落ちた。

EPILOGUE

エピローグ

列強の国々が秘境を探索し、領地や勢力を拡大しながらを覇を競う大陸、ゼノマ。

大陸中央に聳《そび》える『神樹《しんじゅ》ユグエル』に見下ろされた広大な大陸は、百年以上前に悪魔王の手から逃れ、発展を遂げてきた。


その、北端。


雷鳴の霊峰。毒の湖沼。火炎の荒野。大陸を構成する雄々しい大地を蔑《ないがし》ろにするような、緑が廃《すた》れ切った禁足地。

大陸から切り離された孤島は、人々の畏怖と敬意を集め、そこに存在していた。

異論の出ない、人外魔境。

人の寄り付かない黒の島に、それらを支配下においたように立つ古城。

そこに集まったのは、十を数える男女。

老若男女を問わないその集まりは、大陸に点々と散らばった超越者の会合だ。

人類の文明、目的。それらを塵芥《じんかい》のように扱い、己のために生きることを至上とした者たち。

通称、『襲王殿《しゅうおうでん》』。

一席から十席までの序列で成る、名実共に人類最強の十人。

悪魔の討伐や秘境の探索を生業《なりわい》とする探索者とは一線を画し、悪魔とも、原生種の生物とも、果てには人間とも気の向くままに闘争する生ける災害。

それぞれ『王』を冠する名を持ち、力の象徴として掲げている。彼らが襲王殿に身を置く理由は偏《ひとえ》に研鑽《けんさん》のためだ。

そんな、何者にも縛られない自由人たちが顔を突き合わせることなど、皆無と言っていいほどの異例。

だが、今日に限っては話題が話題。元老たる一席が初めてかけた強制招集だ。

「鉄鋼都市ガギウルから持ち帰られた報だ。『屍王《しおう》』がその姿を現した」

上座に座る老人の荘厳な一言への反応は様々だ。

「……ほう、くたばってなかったのか、あの若造」

「おいおいおいおい、随分心配させるじゃねえの！」

「坊のことだ。自分が目立てるタイミングを見計らっていたのかもしれん」

「なぁなぁ、屍王って誰よ？　リャーラ知ってる？」

「……知らない」

「おぬしら二人は知らなくとも無理からぬこと。百年以上前の遺物だ」

「うへぇ……知るわけねえじゃん。俺たちまだ百年も生きてねえっつうの、な？」

「ん」

様々な言葉が飛び交う中で、極めて顕著な反応を示すものが一人。

「シ、シオーッ！　本当じゃな!?　本当に本当なんじゃな!?」

「間違いない」

「ど、どした？　四席がそんな反応するようなことなの？」

「弟子なんだよ。彼女の」

男の言葉に「ほえー」と意外そうな反応を返す青年。

それらのすべてを無視しながら、望外の報に美貌の女は踵《きびす》を返そうとする。

「こうしてはおれん！　今すぐシオーの下に行かねば！」

「やめておけ」

「何故《なぜ》止める!?」

「屍王にも目的があるのだろう。貴様が行っては目立ちすぎる。大義名分を用意するまで待つがよい」

「ぐっ……ジジイ……覚えておくがいいのじゃ……」

「ふん、相変わらずの弟子バカに言葉も出んわ」

そんな二人のやり取りに、末席に座るリャーラと呼ばれた少女が鉄仮面に似つかわしくない戸惑いを見せる。

「……長老が人を慮《おもんぱか》るなんて…………初めて見た」

「なあなあっ！　一席までそんな風に言うなんて、そいつってそんなすごいの？」

青年が発した言葉への反応は、満場一致の肯定だ。

「我らと比肩する強者であることは間違いない。若さゆえの危うさは玉《たま》に瑕《きず》だがな」

「へえ！　会いたいな！」

「直に、会うだろうて」

懐かしむように呟《つぶや》かれた言葉は、嚢王殿の間に鋭く落ちる。

皆が皆、屍王と同等かそれ以上の強者であるここに、新たな騒乱の芽が息づいていた。

■

放浪する、上級悪魔《グレーターデーモン》。

黒と白のコントラストで眩《まばゆ》く飾り立てたその悪魔は、およそ人と変わりない様相で剣を振るう。

「や、やめろおおおおおおおおお!!」

その悪魔が剣を振り下ろす相手は、悪魔だ。

それも、自身と同様の上級悪魔《グレーターデーモン》へ向かって、赤子の手をひねるかのように淡々と、容易に。

血を噴き出し素材へ変容する同族へ、悪魔はへらっと笑う。

外見的特徴は女に近い。悪魔に確固たる性別はないため、飾り以上の意味のない珠玉《しゅぎょく》の美でもって悪魔は息を吐《つ》いた。

「聞いた、聞いたよ！　帰ってきたんだねぇ……」

上機嫌で放浪するソレは、百年以上ぶりの目的を持って行動を開始する。

上級悪魔《グレーターデーモン》、階級、騎士《ナイト》。

「会いに行こー！」

一体にしか授けられなかったその階級は、悪魔王から与えられた異例の称号。

謀反を企てる同族を狩る役割を任された、特異点。

五十番目の上級悪魔《グレーターデーモン》、フルカス。

「待っててろシオーくんっ！」

最凶は、血濡《ぬ》れの秘境内で子供のように声を上げた。

閑話　狭間の少女

I, a former hero, have been summoned back to
Isekai to stop the CHUUNI
secret society organized by me.

悪魔族。内包する魔力と個の強度は人間のそれをはるかに凌駕《りょうが》する、他種族を滅ぼすために生まれたような生命体だ。

対して、天使族。人間の祖であり、今も天上から地上を見下ろす超越者。天輪《てんりん》と呼ばれる魔力生成器を頭上に持ち、空を闊歩《かっぽ》するために背に生えた羽は神秘の体現だ。

かつては古代種と名付けられ世界の覇を競っていたこの二種族は、天使族が作り出した人間たちの想像以上の進化によって終止符《しゅうしふ》を打たれた。

天使族以上の可能性と悪魔族と同等の残虐性。それらを兼ね備え始めた人間たちの台頭に、悪魔族は地上に散り散りになり、天使族は地上への干渉をやめた。

それから数千年。人間は地上を我が物にし、ヒエラルキーの頂点に君臨した。

原生種である竜や神獣との共存で、強力な悪魔族に対抗する力を得て、不干渉の天使族を含めた歪《いびつ》な均衡が出来上がった。

長らく保たれることになった均衡。だが、ある出来事によってそれは崩壊することになる。

屍王《しおう》――日崎司央《ひざきしおう》とそのクラスメイトたちの召喚より十数年ほど前。悪魔族と天使族による数千年ぶりの邂逅《かいこう》が、人間が起こす戦火の陰で行われていた。

天使族の女と一柱の上級悪魔《グレーターデーモン》。相容《あいい》れることのなかった二つの種族が交わり、一つの特異点を産み落としたのだ。

「ごめんね……ごめんね……愛《いと》しい私の子」

許されるわけがなかった。数千年の遺恨は、解消されることなどない。

『許されざる命』。天使皇《てんしこう》は産まれた赤子をそう評した。

『反逆の兆し』。悪魔王は産まれた赤子をひどく恐れた。

天使族にとっての汚点。悪魔族にとっての脅威。

産まれた子は、産まれた瞬間から二種族にとっての敵だった。

母は自分を置いて消え、父は悪魔王に処刑された。

有り余る力と境遇を背負わされた少女は、孤独の最中を生き続けることしかできなかった。

■

しんしんと雪の降る真っ白な森。雪化粧は命の痕跡を隠し、まるで森の中には生き物なんていないかのように静寂に包まれている。

きっと地中には冬を越えるために身を隠した生物がたくさんいる。

「……はぁ」

静かだ。自分が吐く白い息に、少女の胸が締め付けられる。

孤独から逃れることはできない。およそ感情の起伏を失《な》くしたはずの少女であっても、死を恐れてしまう本能だけが残り続けていた。

惰性だ。「生きる」という行為は死の恐怖から逃れるための逃避でしかない。

希望はすでに手折られている。

「……寒い」

凍える指先と感覚のない足先。雪のように白い肌には赤く血の滲《にじ》んだ切り傷が無数にできている。

人間の街に行ったこともあった。しかしそこで少女を待っていたのは汚い欲望の渦。

奴隷商人など、人間離れした美貌を持った少女を騙《だま》そうとする者は数えきれないほど存在している。

捕まることなど恐ろしくはない。少女には力があるから。

汚されることなど意にも介さない。自分の価値などとうに見失っているから。

ただ……ただ……そんな人間さえも愛おしくなってしまう程の孤独が恐ろしい。

自分を殺そうとする人間。騙そうとする人間。汚そうとする人間。そんな人間たちとの、ほんの少しの会話や触れ合いにも安心感を覚えてしまうのが……心底恐ろしいのだ。

だからこそ、街には行けない。人間とは関わりたくない。

一度堕《お》ちてしまったら……。そう考えたところで、少女は思考を無理やりねじ伏せた。

「……お腹《なか》……空《す》いた」

生き物の死骸を啄《ついば》もうにも、極寒の中ではそれさえ見つからない。

薄い布の服は防寒具になどなり得ず、厳寒が生命力を着々と奪っていく。魔力が辛《かろ》うじて彼女の命を繋《つな》ぎ止《と》めるが、それももう長くはない。

空気中から取り込む魔力量を体内から発する魔力量が上回っているのだ。ジリ貧もいいところ、早ければ数日も持たずに彼女は積雪に身を沈めるだろう。

恨めしい。希望もなく展望もない。だというのに、未《いま》だに死から逃げ続けようとする本能が恨めしい。

「……さみしい」

死にたくない。

「なんで……」

涙はとうに枯れているはずだった。

命を狙われる恐怖には慣れたというのに、慣れることのない絶え間ない孤独感に嗚咽《おえつ》が溢《こぼ》れそうになる。

彼女はただ不幸だった。身に覚えのない悪意と歴史に苛《さいな》まれ、怨讐《おんしゅう》の渦中に生まれてしまっただけなのだ。

理由を問おうにも答える者はいない。たとえいたとしても、仕方のないことだと言うしかできないだろう。

天使と悪魔の血を引く忌み子。

くすみ穢《けが》れた天輪を頭上に飾る少女は、絶望の中で喘《あえ》ぐことしかできない。

『ごめんね』。そう言い続ける母の夢に魘《うな》される毎日に、心が腐っていく。

「いっしょに……」

いてほしかった。

「……はなして……だきしめて……」

謝罪などいらない。ただ夢の中だけでも、温《ぬく》もりを。

渇望は届かない。刺すような寒さはいつまでも少女を責め続ける。

「――ぁ」

とうとう、膝が折れる。

何日も、何年も歩き続けてきた足は、絶望の淵《ふち》に架かっていた一本綱を踏み外したように動かなくなってしまった。

「う……ご……いて」

寒い。

「あ……あぁぁ……」

絶望が蝕《むしば》む。寂寥《せきりょう》が身体中《からだじゅう》を這《は》う。

「だれか……」

最期だけでも。

「だれか」

触れて。

「だれか……っ」

笑いかけて。

「だ……れかっ……」

——愛して、ください。

涙が伝う頰《ほお》を雪に埋《うず》め、彼女は暗闇に意識を落とした。


パチッ……バチッ……。

少女の閉じた瞼《まぶた》を照らす赤い光と、身体を包む熱。

凍えて今にも消えかけていた風前の灯火《ともしび》の如《ごと》き命は、確実に繋ぎ止められていた。

「ん……ぅ」

薪《まき》の爆《は》ぜる音が少女の耳朶《じだ》を打ち、深すぎる眠りから彼女を引っ張り上げた。

覚醒した少女の肌に当たるのは冷酷な寒気ではなく、暖かな炎熱の余波。

「……なんで……ここ——」

「――目が覚めたか？」

「ッ!?」

唐突に聞こえた声に、少女は咄嗟《とっさ》に距離を取ろうと身体を起こす。

「……っ」

しかし身体はいうことを聞かず、重りでもつけられたかのように重い。

「……なにもの……ですか」

少女が警戒しながらそう投げかけるその先には、灰色の外套《がいとう》で全身を包んだ人影が彼女を見据えるように座り込んでいた。

声色から察するに男であろう人影は、ゆらゆらと靡《なび》く炎の向こうで大仰に肩を竦《すく》めるだけ。

唐突に襲《おそ》い来る熱と猜疑《さいぎ》に少女は心をかき乱される。安心感とは到底言えない……だが、暖かな泥濘《でいねい》のように自分を包み込む感覚は一体何なのか。

「……私は何故《なぜ》ここに？」

「いつもの鍛錬をしていたら、昨日にはなかったはずの足跡を見つけてな。運が良かった。もう少し時間が経《た》っていたら、痕跡もお前自身も、雪が消し去っていただろう」

話し方は芝居がかっているが、声の調子はかなり若そうに聞こえる。外套のせいで顔や身体の情報は得られないが、十代か二十代か……そのあたりだろう。

「質問の答えになっていません。私を見つけた理由ではなく」

「ここに連れてきた理由は……死にかけていた子供を見つけて放っておくのは寝覚めが悪いからだ」

男が何者なのかわからない。少女がその言葉を鵜呑《うの》みにするわけもなく、ただただ重苦しい沈黙が岩肌を撫《な》でている。

男が背を預けている壁はこの空間の突き当りのようになっており、少女の背後から冷たすぎる風が炎熱を冷まそうとしている。どうやらここは、どこかの岩肌にでもできた洞穴のようだ。

動く様子を見せない男から距離を取るためにじりじりと後退すれば、霜が固まった地面の冷たさに後退《あとずさ》る足が止まる。

命の危機に瀕《ひん》した身体が、無意識に寒さへの拒絶を訴えていた。

少女の震える身体をフードの奥から睥睨《へいげい》する男は炎に新しい薪をくべた。

「寒いか」

「……いえ」

「炎に近づけ。温かくしなければ、また倒れる」

「あなたには関係ありません」

強がる少女の身体には立ち上がる力すらも残っていない。だがそれを悟られてしまえば最悪の事態も考えられる。

（そうなる前に……――殺さなければ）

彼女の思考は、本能は、目の前の男に警鐘を鳴らしていた。

少女の手は、すでに人の血に塗《まみ》れている。殺さなければ生きていけない状況など、何度も経験してきた。

命を繋ぎ止められた、それは事実なのだろう。

それでも……濃密な死の予感が背を伝う。死臭とでもいうのか、物理的なものではなく直感的な死の香りにぞわりと肌が粟立《あわだ》つ。

天上の力と人外の魔力。それらを併せ持つ彼女であっても、目前の男から漂う違和感に呼吸が浅くなっていた。

バチッ!! っと一際大きい音を立て、薪が爆ぜた。

「——肩に触れるぞ」

「————」

いつの間にか男は少女の目の前に立ち、彼女を見下ろしていた。

目を離したわけではない。単に男の動きが目で追えない程速かっただけだ。

心臓が跳ね、喉が引《ひ》き攣《つ》り、反射的に彼女は呪《まじな》いを口にした。

「——わっ、私は未来を見ることができますっ……あっ、あなたは五秒後、寿命を迎えてここで息絶えるっ」

「……えっ？」

少女が口にした言葉に男は間の抜けた声を上げた。そして、五秒。

「……え……っと……んん、先ほどの言葉の真意がわからないな」

「――あれ？」

今度は少女が間の抜けた声を出す番だった。

彼女が宣告した五秒が過ぎても何が起こるわけでもなく、ただ二人が見つめ合う時間だけが流れていく。

「な……なんでっ!?」

驚愕《きょうがく》を露《あらわ》にする少女に、男は大仰な言動をする余裕を失いながら首を傾《かし》げることしかできない。

少女が見せた困惑の理由は、彼女に与えられた能力――規格外かつ理不尽な異能に起因する。

彼女の異能は『虚構支配』。悪意をもって吐《つ》いた嘘《うそ》が、万象を捻《ね》じ曲《ま》げる。

つまり、条件下で吐いた嘘が現実になるというあまりにも超越的な異能だ。

悪魔王が恐れる、この世で最も強力な異能と言っても過言ではない。

悪意を持った嘘でなければ発動条件を満たせないため利便性にムラはあるが、条件下では強力無比且つ不可避の権能である。

目前の男に抱くのは殺意。少女は確実に彼を殺すために嘘を吐いた。

それなのに、彼は今も彼女の前で不思議そうな顔で息をしている。

そうして、彼が少女に伸ばした手が、彼女の肩に触れた。

「ひっ」

意図したわけではなく、本能から来る怯《おび》えが口から溢《あふ》れだす。

肩から身体に波及していく魔力の感覚は、彼女の思考を完全に停止させた。

(死ぬ……何もしないまま、知らないまま、できないまま……私という存在は、一体なんのために生まれてきたのか……)

いわれのない罪で命を狙われ続け、頼れる者もなく、彷徨《さまよ》い続けて……こうして終わりを迎えるのか。

「…………ぁ」

「……ん？」

溢れ出す。

「やだ……」

みっともなく一つの命が悲鳴を上げる。

「やだよぉ……ころさないで……っ……おねがい……します……」

届くはずもないのに、叶《かな》うはずもないのに、妄想し続けた『幸せ』なんてものが脳裏に溢れ出して止《や》まない。

きっと誰かが助けてくれる。

きっと孤独は終わるはず。

きっと、きっと、きっと。

そんな、ありもしない幻想が泡となって消えるのだ。

「なにも……なにも、してないのにっ……」

枯れたはずの涙がとめどなく溢れ、頬を濡《ぬ》らす。

懇願することしかできない。

「ごめんなさいっ……ゆるしてくださいっ……」

この謝罪も何度目か。襲い来る悪魔族や天使族の尖兵《せんぺい》たちにも吐き出したことがあった。だが、効果などないことはわかっている。

少女が何かをしたわけではないのだから。

少女は産まれ、生きていることを罪とされた。許されるべき悪行もなく、また彼女を許せる者も存在しない。

彼女に望まれるのは謝罪ではなく、死のみ。

そうして、肩から全身に回《めぐ》った魔力がその効果を発揮する。

「……あぁ……」

(最期の言葉が許しを乞う言葉だなんて……私は……)

「――これを着ろ。多少は温かいはずだ」

次の瞬間、少女の目に映ったのは翻る灰色の外套。

先ほどまで男が着ていた外套は人の温もりを残していて、炎の熱よりも優しく彼女を包んだ。

「……えっ……あの……あれ？」

頭から強引に掛けられた外套をどかそうと少女がもがく。すると、視界に入る自分の右腕に違和感を覚えた。

真っ白な右腕。そこには確かに血の滲んだ傷が無数に浮かんでいたはずだ。

「傷が……」

無くなっていた。まるで最初からなかったかのように、跡形もなく。

「な……なにをしたのですか……？」

「傷など無い方が良いだろう。お前が危険な者ではないとわかったから治したまでだ。……まぁ、この力は貰い物だ。感謝するなら、俺に力を残していったそいつにするんだな」

外套を被《かぶ》りながら見上げた少女の視界に、炎光に照らされた男の素顔が映る。

やはりまだかなり若い。非常に端正なその顔はやつれ、沈み、すべてを諦めたかのように死んでいた。

その中でも少女の目を一際引いたのは、その目。

泣き腫らしたように充血した目。涙の跡が残る頬。

彼は、泣いていたのだろう。

「なんで……泣いているのですか？」

「……さあ。それを考えないように必死なんだ」

先ほどまでは考えられないような軽い口調で、青年は答えた。

少女は、胸が締め付けられた。

彼の涙の理由は、きっと――孤独なのだ。

自分も彼と同じ顔をしている。そんな確信があった。

自分が温もりを知らない者だとするならば、きっと彼は温もりを失った者。

同じ孤独に身を苛まれる同類だ。

「君は、なんであそこで倒れてたの？」

「…………」

「傷だらけで、一人で……泣いてた」

「あなたには関係ありません。私の孤独は私のもの。分かち合うものでも、同情されるものでもありません。……あなたのようなただの人間に、どうにかできるものでもありません」

口から出たのは拒絶の言葉。

それが本心かどうかは、彼女にもわからない。

「……そっか」

青年はそう言うと、再び元いた壁に背を預けて、炎に目を落とした。

「俺、シオー……君は？」

温かい外套に顔を埋め、少女はただ座り込む。

自分が覚えているこの安心感にも似た感情から、必死に目を背けようと声を押し殺す。

騙されているかもしれない。裏切られるかも。

信じたくないわけじゃない。ただ、それにはとても時間が掛かることを少女は知っていた。

「名前だけでも……だめ？」

「……ありません。あったのかもしれませんけど……少なくとも私は知りません」

事実だ。そんな事実に、どうしようもなく心がむせび泣く。

「……そっか。勝手に呼ぶ名前、付けてもいい？」

「……好きにしてください」

少女の脳内から、この場を立ち去るという選択肢はいつの間にか消えていた。


「ニヴル……って、どうかな？」

■

エリューズニル。屍王の寝室。

月光が天幕から射《さ》す部屋の中で、ニヴルは彼の頬を撫でた。

百八十年ぶりの再会を果たしたというのに、彼の寝顔は寸分違《たが》わず記憶のままだ。

「シオー……あなたの孤独は……埋まったのでしょうか」

この手から失われてしまったはずの彼の温もりは、今、しっかりとこの手で感じることができている。

たったこれだけのことで幸福を感じることができるだなんて、過去の自分に話したのなら鼻で笑われるのがオチだろう。

「……っ」

ガバッと、彼の毛布に身を潜らせ、彼の胸に顔を埋める。

「すー……はー……ふ、ふひっ」

過去の自分が見たら、ため息と共に今の自分を殴り飛ばすだろう。

だがそんなことはどうでもいいのだ。

拾われ出会った日から、もう二百年近く。想《おも》いは募り続けるばかりだ。

「愛しています……」

普段は頼れる右腕となれるよう毅然《きぜん》に振るまい続ける彼女は、この時だけは素顔を見せる。

「……ロリコンシオー。レナちゃん様に私を重ねるなんて……ひどい浮気やろーです」

彼が聞いたらいつものニヤケ面を盛大に引き攣らせることだろう。

ニヴルはそんな表情を思い浮かべ、もう一度彼の胸に顔を埋めた。

おかえりなさいませ、屍王

屍王

日崎司央

01

ニヴル
02

ガルム
03

ニーズ
ヘッグ

04

グルバ

05

アイレナ・
ウィル・
アイロン
06

日崎氷華
07

アーシャ・エル・グリフィル
08

オセ

09

THE RETURN OF THE CORPSE KING

I, a former hero, have been summoned back to
Isekai to stop the CHUUNI
secret society organized by me.

MFブックス

屍王《しおう》の帰還《きかん》　〜元勇者《もとゆうしゃ》の俺《おれ》、自分《じぶん》が組織《そしき》した厨二《ちゅうに》秘密《ひみつ》結《けっ》社《しゃ》を止《と》めるために再《ふたた》び異世界《いせかい》に召喚《しょうかん》されてしまう〜 1

2024年7月25日　初版第一刷発行

著者	Sty
発行者	山下直久
発行	株式会社KADOKAWA 〒102-8177　東京都千代田区富士見2-13-3 0570-002-301（ナビダイヤル）
印刷・製本	株式会社広済堂ネクスト

ISBN 978-4-04-683373-0 C0093

担当編集	小島譲
ブックデザイン	世古口敦志(coil)
デザインフォーマット	AFTERGLOW
イラスト	詰め木

本書は、カクヨムに掲載された「屍王の帰還〜元勇者の俺、自分が組織した厨二秘密結社を止めるために再び異世界に召喚されてしまう〜」を加筆修正したものです。

ファンレター、作品のご感想をお待ちしています

宛先
〒102-8177　東京都千代田区富士見 2-13-3
株式会社 KADOKAWA　MFブックス編集部気付
「Sty 先生」係 「詰め木先生」係

二次元コードまたはURLをご利用の上
右記のパスワードを入力してアンケートにご協力ください。

https://kdq.jp/mfb
パスワード
na4ti

● PC・スマートフォンにも対応しております（一部対応していない機種もございます）。
●アンケートにご協力頂きますと、作者書き下ろしの「こぼれ話」が WEB で読めます。
●サイトにアクセスする際や、登録・メール送信時にかかる通信費はご負担ください。
● 2024 年 7 月時点の情報です。やむを得ない事情により公開を中断・終了する場合があります。

竜王さまの気ままな異世界ライフ
最強ドラゴンは絶対に働きたくない
よっしゃあっ!
ill. 和狸ナオ
最強ドラゴン、異世界でのんびり生活……目指します!

好評発売中!!

毎月25日発売

盾の勇者の成り上がり　①〜㉒
著：アネコユサギ／イラスト：弥南せいら
極上の異世界リベンジファンタジー！

槍の勇者のやり直し　①〜④
著：アネコユサギ／イラスト：弥南せいら
『盾の勇者の成り上がり』待望のスピンオフ、ついにスタート!!

フェアリーテイル・クロニクル　〜空気読まない異世界ライフ〜　①〜⑳
著：埴輪星人／イラスト：ricci
ヘタレ男と美少女が綴るモノづくり系異世界ファンタジー！

春菜ちゃん、がんばる？　フェアリーテイル・クロニクル　①〜⑩
著：埴輪星人／イラスト：ricci
日本と異世界で春菜ちゃん、がんばる？

無職転生　〜異世界行ったら本気だす〜　①〜㉖
著：理不尽な孫の手／イラスト：シロタカ
アニメ化!!　究極の大河転生ファンタジー！

無職転生　〜蛇足編〜　①〜②
著：理不尽な孫の手／イラスト：シロタカ
無職転生、番外編。激闘のその後の物語。

八男って、それはないでしょう！　①〜㉙
著：Y・A／イラスト：藤ちょこ
富と地位、苦難と女難の物語

八男って、それはないでしょう！　みそっかす　①〜②
著：Y・A／イラスト：藤ちょこ
ヴェルと愉快な仲間たちの黎明期を全編書き下ろしでお届け！

魔導具師ダリヤはうつむかない　〜今日から自由な職人ライフ〜　①〜⑩
著：甘岸久弥／イラスト：景、駒田ハチ
魔法のあふれる異世界で、自由気ままなものづくりスタート！

魔導具師ダリヤはうつむかない　〜今日から自由な職人ライフ〜　番外編
著：甘岸久弥／イラスト：縞／キャラクター原案：景、駒田ハチ
登場人物の知られざる一面を収めた本編9巻と10巻を繋ぐ番外編！

服飾師ルチアはあきらめない　〜今日から始める幸服計画〜　①〜③
著：甘岸久弥／イラスト：雨壱絵穹／キャラクター原案：景
いつか王都を素敵な服で埋め尽くす、幸服計画スタート！

治癒魔法の間違った使い方　〜戦場を駆ける回復要員〜　①〜⑫
著：くろかた／イラスト：KeG
異世界を舞台にギャグありバトルありのファンタジーが開幕！

治癒魔法の間違った使い方 Returns　①〜②
著：くろかた／イラスト：KeG
常識破りの回復要員、再び異世界へ！

赤ん坊の異世界ハイハイ奮闘録　①〜③
著：そえだ信／イラスト：フェルネモ
不作による飢餓、害獣の大繁殖。大ピンチの領地を救うのは、赤ちゃん!?

隠れ転生勇者　〜チートスキルと勇者ジョブを隠して第二の人生を楽しんでやる！〜　①〜③
著：なんじゃもんじゃ／イラスト：ゆーにっと
ある時は村人、探索者、暗殺者……その正体は転生勇者!?

MFブックス既刊

アラフォー賢者の異世界生活日記 ①～⑲
著：寿安清／イラスト：ジョンディー
40歳おっさん、ゲームの能力を引き継いで異世界に転生す！

アラフォー賢者の異世界生活日記 ZERO ーソード・アンド・ソーサリス・ワールドー ①
著：寿安清／イラスト：ジョンディー
アラフォーおっさん、VRRPG《ソード・アンド・ソーサリス》で大冒険！

名代辻そば異世界店 ①～②
著：西村西／イラスト：TAPI岡
一杯のそばが心を満たす温かさと癒やしの異世界ファンタジー

泥船貴族のご令嬢～幼い弟を息子と偽装し、隣国でしぶとく生き残る！～ ①～②
著：江本マシメサ／イラスト：天城 望
バッドエンドから巻き戻された2度目の人生、今度こそ弟を守ります！

モブだけど最強を目指します！ ～ゲーム世界に転生した俺は自由に強さを追い求める～ ①～②
著：反面教師／イラスト：大熊猫介
極めたゲーマーはモブキャラから最強を目指す!?

転生令嬢アリステリアは今度こそ自立して楽しく生きる ～街に出てこっそり知識供与を始めました～ ①～②
著：野菜ばたけ／イラスト：風ことら
知識を伝えて、みんな自立して幸せになります！

竜王さまの気ままな異世界ライフ ①
著：よっしゃあっ！／イラスト：和狸ナオ
最強ドラゴンは異世界でのんびりライフを満喫……できるのか!?

無能と言われた錬金術師 ～家を追い出されましたが、凄腕だとバレて侯爵様に拾われました～ ①～②
著：shiryu／イラスト：Matsuki
仕事もプライベートも幸せ！ 凄腕錬金術師のリスタート物語♪

左遷されたギルド職員が辺境で地道に活躍する話 ①～②
著：みなかみしょう／イラスト：風花風花／キャラクター原案：芝本七乃香
解き明かす者『発見者』のギルド職員、頼れる仲間と世界樹の謎に挑む――！

スキル【庭いじり】持ち令嬢、島流しにあう ～未開の島でスキルが大進化！ 簡単開拓始めます～ ①
著：たかたちひろ／イラスト：麻谷知世
島流しから始まる開拓ライフ!? スキルで楽しい島暮らし始めます！

勇者な嫁と、村人な俺。～俺のことが好きすぎる最強嫁と宿屋を経営しながら気ままに世界中を旅する話～ ①
著：池中織奈／イラスト：しあびす
結ばれた二人と、魔王討伐後の世界。――これは、二つの〝その後〟の物語。

屍王の帰還 ～元勇者の俺、自分が組織した厨二秘密結社を止めるために再び異世界に召喚されてしまう～ ①
著：Sty／イラスト：詰め木
再召喚でかつての厨二病が蘇る？ 黒歴史に悶える異世界羞恥コメディ爆誕！